U0591553

兰
台
录

神游兰台　万卷桃源

愿得一心人，
白头不相离

身无彩凤双飞翼，
心有灵犀一点通

李元洛

——

著

人间诗情

SPM

南方传媒

岭南美术出版社

广东人民出版社

中国·广州

图书在版编目（CIP）数据

人间情诗 / 李元洛著. —广州：岭南美术出版社，
2022.8

ISBN 978-7-5362-7488-4

Ⅰ.①人… Ⅱ.①李… Ⅲ.①古典诗歌—诗集—
中国 Ⅳ.① I222.72

中国版本图书馆 CIP 数据核字（2022）第 078106 号

人间情诗

RENJIAN QINGSHI

出 版 人：刘子如
作　　者：李元洛
插　　画：呼葱觅蒜
选题策划：海　滨
责任编辑：李　斌
整体设计：L&C Studio
技术编辑：谢　芸
出版发行：岭南美术出版社（网址：www.lnysw.net）
　　　　　（广州市天河区海安路 19 号 14 楼　邮编：510627）
印　　刷：广州市岭美文化科技有限公司
　　　　　（广州市荔湾区花地大道南海南工商贸易区 A 幢）
开　　本：880 mm×1230 mm　1/32
印　　张：11.5
字　　数：179 千字
版　　次：2022 年 8 月第 1 版
印　　次：2022 年 8 月第 1 次印刷
书　　号：ISBN 978-7-5362-7488-4
定　　价：68.00 元

如有倒装、破损、少页等印装质量问题，请拨打质量监督电话：020-81519078
团购电话：020-83309800
编辑邮箱：86208592@qq.com

／目录／

欢情篇 · *但愿君心似我心*

前言

　　爱情，是人的生命力的蓬勃表现，是人类生存和发展的必要支柱，也是文学创作永恒的主题与母题。在中外文学的浩荡长河中，以爱情为题材的优秀篇章，如同永远也不会凋谢的耀眼动心的波浪；在中外文学的苍劲大树上，以爱情为主题的杰出之作，有似永远也不会凋零的芬芳美艳的花朵。

　　公元前八世纪末至公元前七世纪初的古希腊诗人赫西奥德，其长诗《诸神记》（又译名《神谱》）中歌颂的"不朽的神祇中最美丽的一位"之厄洛斯，就是在罗马神话中大名鼎鼎的爱神丘比特，而在东方中国的两千多年前的《诗经》中，爱情的多声部乐章也早已于十五国风中鸣奏，开篇的琴瑟与钟鼓喜庆和鸣的好音《关雎》，就是中国人乐此不疲咏唱至今的青春序曲。自《关雎》"在河之洲"美声领唱之后，中国古典诗歌史上的爱情诗如繁花盛开，照花了千万读者的眼睛；如美音齐奏，敲醉了万千读者的耳朵。有爱情就有情人，有情人就有情人节。西方的情人节为每年公历二月十四日，而中国的情人节虽然没有全民公投，上巳节、元宵节都与情爱有关，但后世主要约定俗成者为每年的七月七日，即民间所谓之"七夕"。牛郎织女的名字与传说，早见之于《诗经·小雅·大东》之中，以后逐渐演变为爱情故事而为诗人所反复咏唱。最早、最美的诗，当是东汉末年无名氏所作《古诗十九首》中的"迢迢牵牛星，皎皎河汉女"了；最早、最美的词，则应是北宋秦观《鹊桥仙》的"纤云弄巧，飞星传恨，银汉迢迢暗度"了。

时至现当代的新诗，郭沫若二十世纪二十年代之初的《天上的街市》，即为抒写爱情的名作。而台湾名诗人余光中的名篇《乡愁》与《乡愁四韵》，今天已为广大读者所熟知，但他还有不少风情旖旎的爱情诗收入诗集《莲的联想》，他年轻时写的《碧潭》咏一双恋人在湖上荡舟，开篇即是"十六柄桂桨敲碎青琉璃／几则罗曼史躲在阳伞下／我的，没带来，我的罗曼史／在河的下游"，结尾则神驰千载，回到牛郎织女的典故："就覆舟，也是美丽的交通失事了／你在彼岸织你的锦／我在此岸弄我的笛／从上个七夕，到下个七夕。"他这首尚未广为人知的诗，既是当代诗人新颖的美的创造，也是古典爱情诗动人的袅袅回声。

恋爱是激情的燃烧，婚姻是责任的坚守，激情与坚守的鸳盟，是爱情的最珍贵的理想与境界。不论如何时移世易，观念更新，天地之间总有两情相悦、地久天长的永恒爱情，必有芬芳浪漫、千古不磨而让读者得到美的享受的爱情诗，正如余光中二〇〇三年"于金华旭日光中"在一本爱情诗集上的题句："情人老去，而爱不朽；诗人老去，而诗年轻。"国人对于爱情与婚庆，向来有"百年好合"的吉言嘉语，我的这一册《人间情诗》，选录的就是一百首古典爱情诗的名作，分为"恋情篇""欢情篇""离情篇""怨情篇"四个部分，有如乐器中的四弦琴，也有如音乐中的四重奏。我以时代先后为序，诗体则包括诗、词、曲，"注释"简明扼要，"诵译"追踪原唱，"心赏"文字则在寸简尺牍之中，力求既具有文学小品精练优雅的美质，也着意通古今之邮，荟中外之萃，扩展有关的信息容量，让读者一卷在手而别有会心。

当今之世，世风已经不古，但在追求温饱的物质的同时，芸芸众生也仍然向往美的高远的精神世界，也仍然追求腹有诗书的高品位的文化修养。而情窦初开的男女少年，试涉爱河的青年男女，曾经沧海的中年人，甚至夕阳无限好的老年人，如果他们能捧读古代那些优美的诗章包括悦读其中的爱情诗，领略我们前人的感情之真、心地之善与人性之美，品味并共情于他们的欢乐、苦痛与哀愁，憧憬未来，珍惜当下，回首年华，当也会如同赴一场美好的约会或品一席精神的盛宴吧？如果他们也能提笔抒写自己拥有和体验过的良辰美景，不让古代的诗人专美于前，何尝不是一件赏心乐事呢？犹忆对携手同行六十年的内子缇萦，我幸亏曾写过组诗《少年游赠内》与《赠内二首》等诗给她，并曾对她吟诵，如其中的一首："青丝倏忽白盈颠，剪水秋波已黯然。我心自有回春术：长忆红颜丽昔年！"

白居易《读李杜诗集因题卷后》的结句说："天意君须会，人间要好诗。"好诗当然包括爱情诗。李斌君乃我的忘年之交，他笃于友情，耽于诗词，精益求精于所从事的专业工作，在他离开原单位而赴岭南美术出版社就任新职之际，我检点旧作，补写新篇，编著成这一本由他取名的《人间情诗》而为其送行，复承岭南美术出版社青眼有加迅即出版。诗魂在南方，我谨此向他和出版社致以双重的谢忱！如果众多读者能乐于一卷在手，将其作为案上之珍，枕中之秘，赠人之佳品，我当然也视他们为神交而预此致以谢意！

李元洛

二〇二二年早春三月于长沙

· 恋情篇 ·

琵琶弦上说相思

关雎

◎ 诗经 周南

关关雎鸠①，在河②之洲。
窈窕淑女，君子好逑③。

参差荇菜④，左右流之。
窈窕淑女，寤寐⑤求之。

求之不得，寤寐思服。
悠哉悠哉，辗转反侧。

参差荇菜，左右采之。
窈窕淑女，琴瑟友之。

参差荇菜，左右芼⑥之。
窈窕淑女，钟鼓乐之。

① 关关：雌雄二鸟相对而鸣之声。雎（jū）鸠：雌雄有固定配偶的水鸟。

② 河：黄河。上古时"河"系黄河之专有名词，"江"则专指长江。

③ 好逑（qiú）："好"为男女相悦，"逑"为配偶。

④ 参差（cēn cī）：长短不齐。荇（xìng）菜：可食用之水草。

⑤ 寤寐："寤"为醒，"寐"为睡，意为醒时梦里。

⑥ 芼（mào）：择取。与"流""采"分章换韵，意义相近。

雌雄水鸟和鸣唱，在那河心沙洲上。美丽善良好姑娘，我想和她配成双。短短长长水荇菜，左边采来右边采。美丽善良好姑娘，日思夜想梦中来。白日思求求不得，夜晚相思到梦乡。长夜漫漫难成眠，翻来覆去到天亮。长长短短水荇菜，左边采来右边采。美丽善良好姑娘，弹琴鼓瑟迎她来。荇菜短短又长长，左采右采已满筐。美丽善良好姑娘，钟鼓迎娶乐时光。

《诗经》是中国最早的一部诗歌总集，也是中国文学长河与楚辞并列的最早的源头，而本来诞生于黄河之边的《关雎》，则是源头的最初的波浪。此诗从第三人称的叙事角度，描绘和歌咏了一对青年男女的恋情，比兴巧妙而自然，情节单纯而曲折，心理刻画鲜明而细致，是表现爱情这一文学母题最原始的千古绝唱。时至今日，我们只要翻开《诗经》，就会看到波光照眼，还会听到那喜庆的钟鼓之声从两千年前隐隐传来。

在这首中国最古的情诗中，青年主人公感情热烈率真而又彬彬有礼，如醉如痴而又清醒乐观，颇具今日所说的绅士风度与理想主义精神，可谓好事多磨而终于如愿以偿。全诗的主调真如孔子所云"乐而不淫，哀而不伤"，远胜今日某些小说中不堪入目的情色描写和新诗中所谓"下半身写作"，何况它还留下了诸如"窈窕淑女，君子好逑""悠哉悠哉，辗转反侧"等成语，那美丽汉语的"原始股"兼"绩优股"的语言资源，是我们今天将本生利、享用不尽的财富。

木瓜①

◎ 诗经 卫风

投我以木瓜，报之以琼琚②。
匪③报也，永以为好也！

投我以木桃④，报之以琼瑶。
匪报也，永以为好也！

投我以木李，报之以琼玖。
匪报也，永以为好也！

① 木瓜：丛生灌木，果实色黄而香，椭圆形，可食。

② 琼琚：美色的佩玉。"琼瑶""琼玖"义同。

③ 匪：非，不是。

④ 木桃：即桃子。下章之"木李"即李子，为与"木瓜"一律，故加"木"字。

她扔给我的是木瓜，我就用美玉来报答。不是美玉能报答，我表示永久相好呀！她赠给我的是木桃，我回报她的是琼瑶。不是琼瑶能回报，我表示和她永相好。她送给我的是木李，我回赠她的是琼玖。不是琼玖能回赠，我要和她天长地久。

对于此诗的旨意，历来的解释竟有七种之多，古人谓之"诗无达诂"，今人称为"多义性"，但认为它是一首友情诗甚至是爱情诗，似乎更加言之有理。上古时代采集野果的工作大多由女子担任，常投掷果实以传情，从唐诗人皇甫松《采莲子》中的"船动湖光滟滟秋，贪看年少信船流。无端隔水抛莲子，遥被人知半日羞"，可见这种遗风一直传到唐代。此诗的抒情主人公是男子，全诗语浅情深，辞直意永，三章均围绕定情而互赠信物这一中心展开，反之覆之，颠之倒之，创造了具有普遍意义的动人情境，和《诗经·大雅·抑》中的"投我以桃，报之以李"一起，共同为今人贡献了"投桃报李"这一美丽的成语嘉言。

民歌是不老泉，是长流水，不知润泽灌溉了后世多少诗人文士的心田。汉代科学家张衡作有罗曼蒂克的《四愁诗》，其中有句云"美人赠我金错刀，何以报之英琼瑶"，诗分四段，这一句式前后凡四见，这不分明是《木瓜》诗"投木桃，报琼瑶"的遗韵遗响吗？

采葛①

◎ 诗经 王风

彼采葛兮，一日不见，如三月兮。

彼采萧②兮，一日不见，如三秋③兮。

彼采艾④兮，一日不见，如三岁兮。

①葛：藤本植物，块根可食，茎可做纤维。

②萧：又名香蒿，古人采之以供祭祀。

③三秋：犹言三季，即九个月。

④艾：艾蒿，菊科植物，烧艾叶可灸病。

　　心爱的人采葛藤，要是一天不见她，好像长过那三月整。心爱的人采青蒿，要是一天不见她，如同九月啊实难熬。心爱的人采香艾，要是一日不见她，有似三年呵真难挨。

　　闻一多在《风诗类钞》中说："采集皆女子事，此所怀者女，则怀之者男。"此诗写男子对心上人的怀念，其艺术表现可谓别开蹊径而又妙到毫巅。现代心理学有所谓"心理时间"之说，指的是即使同一单位时间，实际上的物理时间值和心理上的时间值却大不相同，《采葛》之动人，在于对心理时间作递进式的夸饰与扩张，分别一天，竟如同三月、三季乃至三年。全诗无理而妙，而且使"一日不见，如隔三秋"成为后世情人间或友人间习用的成语，也给后来的诗歌创作以艺术上的启示。后代的优秀诗人，有谁不曾远去《诗经》中取经呢？

诗中抒情主人公的执着热烈与情深一往，不仅通过时间的错觉与夸张得到动人的表现，也借助诗中所写的三种植物"葛""萧""艾"而作了别具意味的烘染。葛藤的坚韧、香蒿的纯洁、艾叶的芬芳，都是美好感情的象征。直至清代的民歌——"入山看见藤缠树，出山看见树缠藤。树死藤生缠到死，藤死树生死也缠"，我怀疑此诗中之"藤"，与《诗经》中的"葛""萧""艾"，有着年深月久的精神上和源远流长的意象上的联系。

蒹葭

◎ 诗经 秦风

蒹葭苍苍①，白露为霜。

所谓伊人，在水一方。

溯洄从之②，道阻且长；

溯游③从之，宛在水中央。

蒹葭萋萋，白露未晞。

所谓伊人，在水之湄④。

溯洄从之，道阻且跻⑤；

溯游从之，宛在水中坻⑥。

蒹葭采采，白露未已。

所谓伊人，在水之涘。

溯洄从之，道阻且右⑦；

溯游从之，宛在水中沚⑧。

① 蒹葭（jiān jiā）：没长穗的芦苇，又称"荻"。苍苍：茂密鲜明之貌。

② 溯洄：逆流而上。之：他或她。

③ 溯游：顺流而下。

④ 湄：岸边，水与草交接之处。

⑤ 跻（jī）：上升，登上。

⑥ 坻（chí）：小沙洲，水中的高地。

⑦ 右：弯曲。从第一章之"长"、第二章之"跻"、第三章之"右"观之，表示远、渐远、更远三个层次。

⑧ 沚（zhǐ）：义同"坻"，水中的小块陆地。

河边芦苇茂密又青苍，夜风中寒露凝成白霜。我所怀想的那个人儿，正远在河水的另一方。逆流而上去追寻她啊，水路险阻而且漫长；顺流而下去追寻她啊，她又仿佛在河水的中央。

河边芦苇青青又茂密，清晨露水未干如珠粒。我所怀想的那个人儿，正远在河畔的水草边。逆流而上去追寻她啊，水路险阻而且峻急；顺流而下去追寻她啊，她又仿佛在水中的高地。

河边芦苇颜色鲜又亮，太阳照着露珠闪银

光。我所怀想的那个人儿，正远在泱泱的河之旁。逆流而上去追寻她啊，水路险阻而且曲折；顺流而下去追寻她啊，她又仿佛在水中沙洲旁。

〔心赏〕

二十世纪七十年代末八十年代初，一些新诗被冠名为"朦胧诗"，在诗坛引起激烈的争论。其实，朦胧诗或具有朦胧之美的诗，古已有之，而且是远古已有之，《蒹葭》与《月出》就是两千多年前的《诗经》出示的两方明证。《蒹葭》是《诗经》中少见的具有朦胧之美的作品。季节是清秋，时间是早晨，空间是河流，人物不明性别，表现一种典型的惆怅缠绵的追怀恋情，欲觅不得，欲罢不能，千载之下仍令人遐思回想。电视连续剧《在水一方》的主题歌由此诗演化而成，并由台湾歌手邓丽君演唱，它当时红遍大江南北就绝非偶然了。

在旧时的书信中，"葭思""蒹葭之思""蒹葭伊人"成为怀人寄意的套语。音乐家贺绿汀二十世纪三十年代作词作曲的《秋水伊人》，首句即为"望穿秋水，不见伊人的倩影"；台湾通俗小说作家琼瑶的一部小说拍成电视剧就名为《在水一方》，同名电视剧的主题歌歌词即"绿草苍苍，白雾茫茫，有位佳人，在水一方。我愿溯流而上，依偎在她身旁，无奈前有险滩，道路又远又长。我愿顺流而下，找寻她的方向，却见依稀仿佛，她在水的中央"。而台湾名诗人洛夫也以《蒹葭苍苍》为题作诗："很远就发现一丛芦荻蹲在江边／将满头白发交给流水／乡愁如云，我们的故居／依然悬在秋天最高最冷的地方。"由此可见，古今时空远隔而诗心相通，在水一方的诗与歌也自有母体的血脉。

月出

◎ 诗经·陈风

月出皎①兮，佼人僚兮②，
舒窈纠③兮，劳心悄④兮！

月出皓兮，佼人懰兮，
舒忧受兮，劳心慅兮！

月出照兮，佼人燎兮，
舒夭绍兮，劳心惨⑤兮！

【注释】

① 皎：指月光光辉明亮。第二章与第三章之“皓”“照”义同。

② 佼（jiāo）：通“姣”，美好之貌。僚，通“嫽”，娇美之意。第二章与第三章之“懰（liǔ）”“燎”义同。

③ 窈纠：连绵叠韵词，形容步态轻盈舒缓。第二章与第三章之“忧受”“夭绍”义同。

④ 悄：忧愁之意。与第二章之“慅（cǎo）”义同。

⑤ 惨：读音同“懆（cǎo）”，焦躁忧虑之意。

【诵译】

月亮出来亮光光，美人长得多漂亮，良宵步月真轻盈，想她使得我心伤！月亮出来流清辉，美人长得多俊美，月下行来步生花，想她使得我心碎！月亮出来照四方，美人长得多端庄，步履舒缓月下行，想她使得我断肠！

【心赏】

与《秦风·蒹葭》一样，这是中国诗歌中最古老而且最具有朦胧之美的诗。它虚写男子想象中的月下美人，意境迷离，情调怅惘，意蕴悠长，令人一唱而三叹。此诗的人物形象是“佼人”，自然意象是与美人相映生辉的月亮，中国古典诗歌中的月亮，最早就是从《月出》篇中升起的，它向远古的山川洒落最早的清辉，然后横过汉魏六朝的天空与城郭，在唐宋元明清诗词中汇成一个多姿多彩的月世界。

月亮作为诗词中的传统意象，写月夜怀人的爱情诗《月出》，确实是它最初的也是最永恒的清辉，光照百世。明代学者兼官员焦竑（hóng）《焦氏笔乘》说："《月出》见月怀人，能道意中事。太白《送祝八》'若见天涯思故人，浣溪石上窥明月'；子美《梦李白二首》'落月满屋梁，犹疑照颜色'；常建《宿王昌龄隐居》'松际露微月，清光犹为君'……此类甚多，大抵出自《陈风》也。"可以说，中国诗人自《诗经》而后的咏月抒情，吟哦之际，挥笔之时，都曾沐浴过它永恒的清光。

越人歌

◎ 楚辞

今夕何夕兮，搴①舟中流？

今日何日兮，得与王子同舟？

蒙羞被②好兮，不訾诟耻③。

心几④烦而不绝兮，得知⑤王子。

山有木兮木有枝，心说⑥君兮君不知！

①搴（qiān）：本意为拔起、揭起，此处为荡、划、驾之意。

②被：同"披"，披露，展示。

③不訾（zǐ）：不计较。诟（gòu）耻：耻辱，羞辱。

④几：多也。

⑤知：知友、知己，此处为爱恋之意。

⑥说（yuè）：通"悦"，喜爱。

今夜是什么难得的良夜啊，能够放舟河的中流？今日是什么难逢的好日啊，能够有缘与王子同乘轻舟？蒙受耻笑我也要显示自己美好的容貌，不计较别人的讥嘲羞辱。我的心中有许多忧烦而绵绵不绝啊，希望成为王子的知心朋友。山上有树木啊树木生长枝丫，我喜爱你啊你怎么视若无睹！

西汉的刘向是皇族也是学者兼文学家，他编纂的《说苑》记录了很多先秦至汉代的历史故事与民间传说，其中就记载了《越人歌》及其来龙去脉。楚康王之弟鄂君子皙乘舟出游，操舟的越地女子以越地方言唱此情歌致意，大约他是她心中的白马王子吧，但楚越虽为邻国，鄂君子皙却因语言不通而不知所云，于是请人翻译为楚言楚语，便是流传至今的这首《越人歌》。可能是美女当前，加之当时的风气还相当原始与开放，于是王子大喜，即以楚人的礼节示爱，"行而拥之，举绣被而覆之"，完成了这一"跨国"也"跨阶级"之恋。

此诗前几句全用赋体，即现代文学术语中的"白描"。最后两句是由彼及此的比喻，以加强抒情的形象性和激动性。"今夕何夕，见此良人"一语源自《诗经·陈风·绸缪》，至今仍多为爱情描写的用语。有古典诗词素养的读者，若逢良辰美景、赏心乐事，"今夕何夕""山有木兮木有枝，心说君兮君不知"等美语嘉言，也会常在心上与口头。

"敕勒川，阴山下，天似穹庐，笼盖四野。天苍苍，野茫茫，风吹草低见牛羊。"汉乐府《杂歌谣辞》中的《敕勒歌》原为敕勒族人斛律金所唱，南北朝时由鲜卑语译为汉语。与此相似，《越人歌》是中国文学史上最早的"翻译"作品，从吴越方言译为楚语楚声。跨国之恋的对象鄂君子皙听不懂，曾言："吾不知越歌，子试为我楚说之。"从《越人歌》中的"兮"字，从类似《九歌·湘夫人》"沅有芷兮澧有兰，思公子兮未敢言"的句式，均可见楚歌的蛛丝马迹，流风余韵。

凤兮①凤兮归故乡，遨游四海求其凰②。

时未遇兮无所将③，何悟今兮升斯堂④。

有艳淑女在闺房，室迩人遐毒我肠⑤。

何缘交颈为鸳鸯，胡颉颃兮共翱翔⑥！

【作者简介】

司马相如（约前179—前118），字长卿，蜀郡成都（今属四川）人，西汉著名辞赋家。

【注释】

① 凤：古代传说中的鸟名，雄鸟。兮：语气助词。

② 遨游：游历，漫游。凰：雌鸟。

③ 将：取得，得到。

④ 何悟：哪里想到。斯：这，这个。

⑤ 迩：近。遐：远。毒：痛苦，难过。

⑥ 胡：何，什么。颉颃（xié háng）：鸟上下翻飞之状。

【诵译】

凤啊凤啊回到了自己的故乡，曾经四海漫游寻求意中之凰。机缘不至未能得到意中之人，何曾想到今晚登上这个厅堂。贤惠美丽的姑娘就在她闺房，咫尺天涯室近人远令我心伤。何时有缘与她交好如同鸳鸯，像比翼鸟在天空中上下飞翔。

【心赏】

据班固《汉书·司马相如传》记载，司马相如未受到汉武帝赏识时，家贫无业，临邛县县令王吉邀饮于富豪卓王孙家。司马相如虽是一介穷小子，但颇具书生气度与诗人才华，有相当的知名度，卓女文君新寡，久闻相如之名，她躲在帘后观赏相如弹琴，心生爱慕。司马相如弹琴并作此诗挑之，并暗中遣人传达倾慕之情，于是文君夜奔，和司马相如一起私奔回到成都。

中国古代诗人常常以传说中的凤凰象征爱情，早在诗经的《大雅·卷阿》篇中，就有"凤凰于飞，翙（huì）翙其羽"的歌唱。司马相如和卓文君冲破封建礼教而自由恋爱，他们在成都因生活无着落而开设一家酒馆，夫妇当垆卖酒，开今日文人下海经商的先河，乃高规格、高品位的文商，逼得卓王孙将他们接回，并给女儿以丰厚的嫁妆。总之，"文君私奔"与"当垆卖酒"两个典故，就是他们两位联手创作的结果。

杜甫流落成都时，曾作《琴台》一诗表示赞赏与追怀："茂陵多病后，尚爱卓文君。酒肆人间世，琴台日暮云。野花留宝靥，蔓草见罗裙。归凤求凰意，寥寥不复闻。"不过，自司马相如的《琴歌》之后，"凤求凰"就成了中国语汇中表示男子求偶的专门用语。西方诗人则往往以玫瑰来象征爱情，如德国诗人歌德的《夜玫瑰》、英国诗人布莱克的《我可爱的玫瑰树》、彭斯的《一朵红红的玫瑰》，都是如此。由此可见，中国人唱的是凤凰之歌，西方人吟的是玫瑰之曲。

上邪①

◎〔汉〕乐府

上邪！

我欲与君相知②，长命③无绝衰。

山无陵④，江水为竭，

冬雷震震，夏雨雪⑤，天地合，

乃敢与君绝！

① 上邪："天哪"，即指天誓日。上：天。邪（yé）：同"耶"，语气助词。

② 相知：相亲相爱。

③ 长：永远，永久。命：令，使。

④ 陵：山丘、丘陵。

⑤ 雨（yù）雪：下雪，降雪。此处"雨"为动词。

苍天为证啊，我要与心上的你相亲相爱，永远也不衰退断绝。巍巍高山变为平地，滔滔江水也一朝枯竭，冬天雷声能滚滚不断，夏天飘飞大雪，天地合在一起，只有这样我才会与你诀别！

乐府本是汉武帝时设立的音乐机关，后将其采集的配乐之诗称为"乐府"。《上邪》是乐府名篇，也是古代民间爱情诗中的无上妙品，正如明代诗学家胡应麟《诗薮》中所说："上邪言情，短章中神品。"此诗前半部分是正抒情，直抒胸臆，后半部分是反抒情，列举五种难以发生的自然现象，层层递进地表现对爱情的生死不渝。个性张扬，追求婚姻自由，语气十分决绝，有如滔滔而下的瀑布，冲击读者的视觉，震撼读者的心弦。它是唐代民间爱情诗《菩萨蛮》"枕前发尽千般愿"的先声，也是今日有情人与负心者的镜鉴。

在外国诗歌中，似乎还没有如此表现并如此动人之作。勃朗宁夫人是英国著名诗人，其《葡萄牙人的十四行诗》共四十四首，是献给她的丈夫——诗人罗伯特·勃朗宁的。其中的《我是怎样地爱你》在英语世界被公认为最有名的爱情诗："假如上帝愿意，请为我做主和见证：在我死后，我必将爱你更深，更深！"不知原酿如何，仅从译文而言，我更爱读东方如陈年烈酒般的《上邪》。

子夜四时歌
（春歌之三）

◎〔南朝〕乐府

春林花多媚①，春鸟意多哀②。

春风复③多情，吹我罗裳④开。

① 媚：美好，可爱。

② 哀：原意为凄恻，此处引申为动听、动人。

③ 复：更。

④ 罗裳：裳，下衣，即裙子。罗裳为丝织的裙子。

春天的园林百花多么明媚，春天的飞鸟歌声多么动听。还有习习春风啊更是多情，竟然私自吹开了我的罗裙。

音乐中有所谓"变奏"，《子夜四时歌》就是《子夜歌》的变奏。《子夜四时歌》歌咏春夏秋冬总共七十五首，《春歌》有二十首，此诗是第三首，它"以乐景写乐"，即西方诗论中"客观对应物"，以与感情一致的景物来表现主体感情。全诗"春花"喻己，"春鸟"喻男，"春风"喻男而拟人化，前三句又均以"春"字领起，是句法中所谓之"勾连句"。它的主旨和《诗经》中的《摽有梅》等相似，也令人在春风沉醉中飞越千年时间和万里国界，想起德国大诗人歌德的小说《少年维特之烦恼》的卷头诗："少年男子谁个不善钟情？妙龄女子谁个不善怀春？"

民歌，是滋养文人诗人一泓永远的清泉。北魏文人王德《春词》高吟"春花绮绣色，春鸟弦歌声。春风复荡漾，春女亦多情"，李白《春思》低咏"燕草如碧丝，秦桑低绿枝。当君怀归日，是妾断肠时。春风不相识，何事入罗帏"，他们临泉俯身而饮，均从这首民歌中汲取了灵感。

读曲歌

◎〔南朝〕乐府

种莲长江边，藕生黄檗浦①。

必得莲子②时，流离③经辛苦。

① 藕：谐音"偶"。黄檗（bò）：檗亦作"蘗"，一种植物，味苦，此处象征"苦"。浦：水滨。
② 莲子：谐音"怜子"。
③ 流离：四处奔波跋涉。

种莲种在那长江之旁，莲藕生长在苦水之浦。要想得到清香的莲子，必须经奔波跋涉之苦。

《读曲歌》属于南朝乐府民歌中的《清商曲辞》。《清商曲辞》以"吴声歌"与"西曲歌"为主，《读曲歌》为"吴声歌"的一部分，共八十九首，此为其中之一。曲折尽情的双关隐语，是南朝乐府民歌的习用手法，而"莲藕"则更是常常用来作为爱情的比附与象征。此诗也是这样，但在谐音双关方面更觉婉转有致，曲而尽情。它所表现的美好爱情必须历经辛苦才能获致的主题，可以供读者引申联想，具有相当的哲理意味。在欧洲的古莱茵民歌中，不是有一首名为《爱情的考验》吗？

南朝乐府中莲荷的隐喻，一直传扬到唐宋和明清的诗歌之中，包括文人的作品里。明人钱仲举的《子夜歌》说："涉江采莲花，花落不自守。空余莲子心，辛苦为君剖。"明人李攀龙的《子夜歌》说："涉江种芙蓉，青荷几时有？但使莲心生，何虑不成藕？"清人叶奕苞的《子夜歌》说："双桨采莲去，香摇绿池水。郎待折荷花，侬待摘莲子。"一脉清芬袅袅，其来远自南朝。

长干曲①

（选二）

◎〔唐〕崔颢

君家何处住？妾住在横塘②。

停船暂借问，或恐是同乡。

家临九江③水，来去九江侧。

同是长干④人，生小不相识。

【作者简介】

崔颢（704？—754），汴州（今河南开封市）人。时人将其与王维、高适并称，宋人严羽在《沧浪诗话》中誉其名作《黄鹤楼》为唐人七律第一，相传李白也为之搁笔。

【注释】

①长干曲：南朝乐府中《杂曲歌辞》的旧题，由建康（今南京市）的一处街坊长干里而得名，内容多是表现船家妇女的生活。

②横塘：三国时在建康所建之堤塘，在今南京市西南，秦淮河南岸，地近长干里。

③九江：原指江西浔阳附近的九江，此诗泛指长江中下游。

④长干：在今南京市南，地临横塘。

【诵译】

你的家啊住在哪里？小女的家就在横塘。停船暂且借问一声，恐怕我们还是同乡。

我的家啊面临长江，来去就在长江之旁。我们同在长干长大，从小不识未通来往。

崔颢的组诗《长干曲》共有四首，此处选录者为前两首。两首诗是先女后男的男女赠答之辞，极具民间歌辞风味。它有人物，有背景，有潜台词，有单纯的情节，颇富戏剧性，是精彩的戏剧小品，而且其情含而不露，隐隐约约，欲说还休，如此更能刺激读者的联想和想象。

清代学者王夫之在《姜斋诗话》中，称道此诗"墨气四射，四表无穷，无字处皆其意也"。我还要说它言短意长，是一篇精彩之至的"微型小说"。崔颢这位北方才子，不仅有《黄鹤楼》一诗让骄傲的李白低眉，叹息"眼前有景道不得，崔颢题诗在上头"，而且还有如江南水乡一样优美旖旎的《长干曲》，妙手先得，让许多出生在南方的诗人遥望他的背影而为之叹息羞愧。

相思

◎〔唐〕王维

红豆①生南国，春来发几枝？

愿君多采撷②，此物最相思。

王维（701？—761），字摩诘，先世为太原祁（今山西祁县）人，其父迁居于蒲州（今山西永济西南蒲州镇），遂为河东人。他精音乐、绘画，诗与孟浩然齐名，并称"王孟"，是盛唐山水田园诗派的掌门人。他在纪行、送别、边塞、军旅等题材的创作上也颇多佳构，其绝句与李白、王昌龄的绝句相映生辉，共同代表了盛唐绝句的最高海拔。

① 红豆：又名相思子，产于岭南，历久不坏，可作饰物，亦是友情与爱情的象征。
② 采撷（xié）：采取，摘取。

晶莹鲜艳的红豆出产在南方，春天萌发多少枝条摇曳春光？希望你多多采撷好好珍藏啊，它最能表达绵绵相思和希望。

此诗应作于安史之乱以前，当时广为传唱。李龟年、李彭年、李鹤年三兄弟均为开元年间艺苑大腕，李龟年更是首席宫廷乐师，善歌，擅于作曲，长于吹觱篥，击羯鼓，弹琵琶，甚得雅好文艺的唐玄宗李隆基的看重厚待，世人尊为"唐代乐圣"。王维和他是同时代人，且曾任"太乐丞"之职，即负责朝廷礼乐事宜事务的官员，两人应熟识并有交往，所以在明人凌濛初《王摩诘诗集》中，此诗题又作《江上赠李龟年》。据说"安史之乱"中唐代的这位顶级歌手流落江南（唐朝的江南指湖南，江浙一带称江右），常在长沙、湘潭等地的筵席上歌此诗和王维的另一首《伊州歌》，闻者为之惨然饮泣。杜甫在长沙和他重逢，就曾作有《江南逢李龟年》一诗。

　　这是王维的代表作之一，也是古典诗歌中五言绝句的珍品。"相思"本是一种抽象的不可捉摸的感情，诗人却找到了"红豆"这一具有象征意义的客观对应物，托物抒情（友情、爱情、亲情、乡情，可确指也不必确指），言近而意远，明朗而耐读，影响深远。在王维之后，温庭筠《新添声杨柳枝词》云："玲珑骰子安红豆，入骨相思知不知？"韩偓《玉合》诗云："中有兰膏渍红豆，每回拈著长相忆。"时至当代，国学大师陈寅恪写成笺释钱谦益、柳如是因缘的《柳如是别传》，就是因购得名为"红豆山庄"的钱氏故园中之一粒红豆引发，有他作于 1955 年的《咏红豆并序》为证。1958 年，陈老相濡以沫的妻子唐筼六十岁生日，他曾作嵌有"红豆"之词的一联以贺："乌丝写韵能偕老，红豆生春共卜居。"

千百年来，使许多读者心存感激的是，他们在爱恋中情动于衷而无法形之于诗，便去向王维借债，朗读或书写此诗赠给自己的恋人，好在王维十分大度，借条也不要他们开具一张。

题都城南庄①

◎〔唐〕崔护

去年今日此门中，人面②桃花相映红。

人面不知何处去③，桃花依旧笑春风④！

作者简介

　　崔护（？—831），字殷功，郡望博陵（今河北安平），蓝田（今属陕西）人。唐德宗贞元十二年（796）登进士第。《全唐诗》存诗六首，以《题都城南庄》一诗知名后世。

注释

①都城南庄：指唐朝都城长安南郊的村庄，唐之都城即今陕西省西安市。

②人面：所见少女的面容。

③人面不知何处去：一本作"人面只今何处在"。

④笑春风：桃花在春风中含笑盛开。

诵译

　　去年的今日正是在这个门庭之中啊，美丽的容颜和绚丽的桃花互增光彩。今年此日那窈窕淑女不知何处去了，只剩下桃花在春风中笑吟吟地盛开！

心赏

　　唐代孟棨（qǐ）《本事诗》记载：应举落第后，崔护在清明日独游都城南郊，见一村庄，因酒后口渴叩门而求饮。开门送水的是位美丽少女，她倚在桃花树下看他喝水，两人四目相交，脉脉含

- 45 -

情。第二年清明，崔护忆旧重访，景物如故，但门已锁闭，少女杳然，他怅然题诗于门之左扇。数日后，复往，老父哭告其女见诗而绝食病逝。崔护大恸，死者竟然复活，二人终成眷属。

德国大诗人歌德在《少年维特之烦恼》中说："少年男子谁个不善钟情？妙龄女子谁个不善怀春？"《题都城南庄》就是少年崔护的钟情与怀春之作。此诗前两句写过去，后两句写现在，同一地点，两个画面，其中以"人面"与"桃花"一线贯穿。依旧是此门之中，依旧是清明时节，依旧是桃花春风，不同的则是芳踪已杳，如此对比和反跌，使人所共有的对美好事物的怀念之情表现得分外深切动人。元人白朴、尚仲贤据此各作有《崔护求浆》杂剧，明人孟称舜将此诗及其本事，改编为杂剧名曰《人面桃花》，可见此事此诗之影响深远。

"桃之夭夭，灼灼其华"，美人与桃花，早在远古的《诗经·周南·桃夭》中就结下了不解之缘，而在崔护的诗中，"人面桃花"之比也确是创造性的妙喻，以至一千多年后以新诗名世的艾青，在《西湖》一诗中也不免受其影响，而写出"在清澈的水底／桃花如人面／是彩色缤纷的记忆"之美妙结句。

◎〔唐〕刘禹锡

竹枝词①
（选一）

杨柳青青江水平，闻郎江上唱歌声②。

东边日出西边雨，道是无晴却有晴③。

刘禹锡（772—842），字梦得，洛阳（今属河南）人，出生于苏州府嘉兴（今浙江嘉兴），祖上为匈奴族，北魏孝文帝时，七世祖刘亮改汉姓。与白居易、柳宗元齐名，世称"刘白"与"刘柳"，有"诗豪"之称。开成元年（836）以太子宾客分司东都（洛阳），故称"刘宾客"。

①竹枝词：乐府近代曲名，原为巴渝（今重庆市东部）的民歌，歌舞时以笛鼓伴奏，内容多关男女情爱。

②唱歌声：一本作"踏歌声"。男女恋爱常以唱歌来表达情意，此种民间风俗仍流传于现在一些少数民族之中。

③晴：双关语。"晴"与"情"谐音，"无晴"和"有晴"，是"无情"和"有情"的隐语，既状天气之晴雨，又表情意之有无。

岸边杨柳青青眼前江水平平，江上传来啊郎君悠扬的歌声。东边阳光照耀西边细雨飘洒，说它不是晴天吧却又是天晴。

　　刘禹锡长期被贬逐放，人在江湖，才有机会接触生意盎然的民间文学，而使自己的创作呈现新的境界与风光。《竹枝词》就是他任夔州（今重庆市奉节县）刺史时所作，明人胡震亨《唐音癸签》说："《竹枝词》本出巴渝。……后元和中，刘禹锡谪其地，为新调，更盛行焉。"

　　此诗明写与暗指交织，写实与象征并陈，将民歌的原汁原味与文人的雅情雅意融合在一起，是典型的文人诗，却有浓郁的民歌味。如果请刘禹锡作一个"文人创作与民间文学的关系"的学术报告，创作过《竹枝词九首》《浪淘沙九首》《杨柳枝词九首》和《踏歌词四首》等精彩作品的他，定然会逸兴遄飞，舌灿莲花，对民间的爱情诗尤其别有会心，向千年后的我们提供一席精神的盛筵。

　　时至清代，诗人仍喜作竹枝词，如鲍皋《姑苏竹枝词》二十首之一："水市南头香压船，卖郎荷叶买郎莲。侍儿只爱玲珑藕，侬道心多不值钱。"只是同为"竹枝"，他的笛孔里传扬的却不是巴渝调而是东南风了。

采莲曲①

◎〔唐〕白居易

菱叶萦波荷飐风②，荷花深处小船通③。

逢郎欲语低头笑，碧玉搔头落水中④。

　　白居易（772—846），字乐天，晚号香山居士，下邽（guī，今陕西渭南北）人，生于河南新郑。倡导补察时政反映民生疾苦的"新乐府运动"，诗、文、词俱胜，与元稹在文学史上并称"元白"，是唐代中期极具影响的大诗人。

①采莲曲：系乐府旧题，原为流行于江南水乡的民歌，常由采莲女所唱，梁武帝制为《江南弄》七曲之一。

②萦：萦回，旋转。飐（zhǎn）风：指因风吹而颤动、摇曳。此句为"互文"，如同王昌龄《出塞》之"秦时明月汉时关"。

③小船通：两只小船在荷花深处相遇。

④碧玉搔头：即碧玉制成之发簪。搔头：簪（zān）之别名。

　　菱叶与荷花在水波中回旋啊又摇舞迎风，有缘有意在荷花深处我们的船对面相逢。遇上郎君想说话通情却又含羞低眉而笑，不料头上的碧玉簪竟然掉落到碧水之中。

【 心赏 】

此诗写采莲少女的初恋情态，喜悦而娇羞，如闻纸上有人，呼之欲出。尤其是后两句的细节描写，生动而传神，如灵珠一颗，使整个作品熠熠生辉，如果没有这一后来居上之笔，全诗就将大为减色。今日读者关心的是，采莲少女和她心中情郎究竟对话交流了没有，因为古代"男女授受不亲"，哪里能像现代人这样自由而开放？至于那男子是纵身一跃潜入水中捞取遗簪，还是去珠宝行另购珍贵首饰作为补偿以悦芳心，那更是今日的我们所不得而知的。

1924年，诗人徐志摩陪同印度"诗哲"泰戈尔访问日本，对日本女郎频频欠身低首的温存仪态感触良深，遂成《沙扬娜拉·赠日本女郎》一诗，发表时共十八个小节，出书时删去前十七节，仅剩他最得意的最后五行："最是那一低头的温柔，像一朵水莲花不胜凉风的娇羞，道一声珍重，道一声珍重，那一声珍重里有蜜甜的忧愁——沙扬娜拉！"全诗意象柔美、语言凝练、音韵悠扬，是徐氏的名作，而写"低头"之意趣，与白居易诗一脉相承而各有千秋。

答张生

◎〔唐〕崔莺莺

待月西厢①下，迎风户半开。

拂墙花影动，疑是玉人②来。

崔莺莺，生卒年不详。唐德宗贞元（785—804）人。唐诗人元稹托名张生的真实自叙或云自传中的人物，乃元稹的表妹，即他后来诗中多次出现的"双文"。宋人王铚（zhì）在《〈传奇〉辨正》中早已指出："其诗中多言双文，意谓'莺莺'二字为双文也。"

① 厢：厢房，即正房之前两侧的房屋，东边称东厢，西边称西厢。金代董解元之《〈西厢记〉诸宫调》和元代王实甫之《西厢记》，均由此得名。
② 玉人：美貌的人，一般指女性。

你在西厢下等待东升的明月，我迎着晚风将门扉半闭半开。拂墙花影在夜风中轻轻摇动，我怀疑意中人悄然越墙而来。

中唐诗人元稹根据自己的亲身经历写成传奇《莺莺传》，又名《会真记》，记叙张生在山西蒲州（治所即今永济西南之蒲州镇）与崔莺莺的艳遇和恋爱故事。张生写了两首《春词》请红娘转送莺莺。其一为："深院无人草树光，娇莺不语趁阴藏。等闲弄水浮花片，流出门前赚阮郎。"《答张生》即为莺莺的答诗。

此诗出自崔莺莺的纤纤玉手，毋庸置疑。因为《莺莺传》并非虚构之小说，传中又特笔点明莺莺的侍女红娘对元稹介绍莺莺的说辞："善属文，往往沉吟章句，怨慕者久之。"加之其他理由，故《全唐诗》将版权归于莺莺之名下。

意境，是情景交融而刺激读者联想和想象的艺术世界。这首诗之所以传唱不衰，不仅因为文辞妍秀，更因为意境动人，发人绮思。黄昏或夜晚等候意中之人，这是几千年来相恋者的传统节目，《诗经》中的《邶风·静女》篇就说"静女其姝，俟我于城隅。爱而不见，搔首踟蹰"。在此诗之后，欧阳修《生查子·元夕》词的"月上柳梢头，人约黄昏后"，朱淑真《元夜》诗的"但愿暂成人缱绻，不妨常任月朦胧"，地点与人物不同，演出的故事却大同小异。今日的约会，已开放得多，大都已是"若非跳舞场中见，便向咖啡店里逢"了。

莺莺诗①

◎〔唐〕元稹

殷红浅碧②旧衣裳，取次③梳头暗淡妆。

夜合带烟笼晓日④，牡丹经雨泣⑤残阳。

依稀似笑还非笑，仿佛闻香不是香。

频动横波⑥娇不语，等闲教见小儿郎⑦。

［作者简介］

　　元稹（zhěn）（779—831），字微之，郡望洛阳（今河南洛阳）人，居京兆万年（今陕西西安），为北魏鲜卑族的后裔。他与白居易倡导"新乐府运动"，世称"元白"。前期所作多针砭现实，艳情诗与悼亡诗亦佳。

［注释］

　　① 莺莺诗：选自《全唐诗》，系作者为追怀往昔与崔莺莺的爱情而作。

　　② 殷红：红中带黑之暗红。浅碧：浅绿色。

　　③ 取次：随意，随便。

　　④ 夜合：植物名，合欢的别称，又名"合昏"。带：萦绕。烟：此处指水汽云雾。晓日：旭日。

　　⑤ 泣：哭泣，这里指水光闪耀之状。

　　⑥ 横波：眼神如水波流动。

　　⑦ 等闲：随便，寻常。教：使。小儿郎：小孩子，年轻人，此为作者自谓。

［诵译］

　　暗红的衣衫和淡绿的裙子都是旧衣裳，鬟髻随意、妆饰无心显得十分淡雅平常。像笼罩在晨阳中的合欢萦绕着云雾水汽，如沐雨后的牡丹水光还闪闪迎向夕阳。朦朦胧胧唇边漾开了浅笑又不像浅笑，恍恍惚惚像闻到一脉幽香又不像幽香。眸光如秋波横流却娇羞不语，端庄娴静不随便让我看到她美丽的容光。

【心赏】

元稹初遇莺莺时，莺莺年方十七，虽然始乱终弃，但诗人毕竟不能忘情，日后写了不少或显或隐的追怀少年爱情往事的诗作，《莺莺诗》即其中之一。因为元稹当时刚过弱冠之年，应当还是初恋，初恋之情对任何人都可称刻骨铭心，何况元稹这样的多情才子。而且莺莺才貌双绝，元稹既爱其色，复爱其才，当时可称是灵与肉的结合。此正所谓复杂的人性，或曰人的性格的二重性。

诗中"横波"一喻，启发了后来许多诗人的灵感。如李煜《菩萨蛮》之"眼色暗相钩，秋波横欲流"，李清照《浣溪沙》之"绣面芙蓉一笑开，斜飞宝鸭衬香腮。眼波才动被人猜"，王观《卜算子》之"水是眼波横，山是眉峰聚"，均是。而"依稀似笑还非笑"一语，我以为恐为曹雪芹在《红楼梦》中描状林黛玉"一双似笑非笑含情目"之所本，以曹雪芹之博学多才，对《莺莺诗》岂有不如数家珍而为其所用之理？

巧笑倩兮，美目盼兮，《诗经·卫风·硕人》篇早就如此美言过了。眼睛是灵魂的窗户，美丽的焦点，心语的暗示，所谓"顾盼神飞"是也。

以水波或秋波喻女子的眼睛，则更是中国诗人的绝妙创造。意大利但丁的"眸子里不时射下利箭一支，使我心头的湖泊干涸"（《祈求爱神》），英国斯宾塞的"如蓝宝石，她的眼睛蓝得彻底"（《那里有千种美德闪耀》），德国海涅的"你那甜蜜的眼睛，闪烁着好比月亮"（《我心中小鹿撞撞》），似乎都远不及"横波""秋波""娇波"之简而妙。

离思①

〔唐〕元稹

曾经沧海②难为水，除却巫山③不是云。

取次花丛④懒回顾，半缘⑤修道半缘君。

①离思：生离死别之后的怀念与追忆。五代后蜀韦縠（hú）编《才调集》卷五题为《离思六首》，第一首即《元稹集》中之《莺莺诗》，可推论这组诗是思念莺莺而作。也有人认为乃悼念亡妻韦丛。此处选者为第四首。

②沧海：大海。因海水颜色青苍，而"沧"与"苍"通。此处化用《孟子·尽心上》之"故观于海者难为水，游于圣人之门难为言"语意。

③巫山：在四川、湖北两省交界处，长江穿流其中，成为三峡。此句用宋玉《高唐赋序》所描述的楚国神话传说中之巫山神女事。

④花丛：比喻众多美女。

⑤缘：因为，由于。

　　经历过浩瀚的大海之后再也看不上平常的水，除却巫山姿态万千的云眼中再没有其他的云。即使是经过花丛我也漫不经心懒得回眸一顾，一半是为了清心学道一半是为了心上之人。

　　这是元稹追怀旧恋的诗，不论对象是始乱终弃的莺莺，或是结缡七年而早逝的妻子韦丛，在真情实感的抒发中仍可窥见他的忏悔或内疚之意。首两句设喻巧妙，化文为诗，推陈出新，概括了具有普遍意义的心理情结与人生情感，是千百年来传诵不衰的名句。虽然后来元才子继续风流，其言行与首两句之表白大相径庭，但这两句诗确为形象大于思想的千古名句，其引申意义远远超越于爱情之外，这也算是元稹"将功补过"——将文学之功，补个人用情不专之过了。

　　清人王闿运《王闿运手批唐诗选》评论此诗有言："所谓盗亦有道。"读来令人莞尔。当代国学大师陈寅恪《元白诗笺证稿》评论说："微之以绝代之才华，抒写男女生死离别悲欢之情感，其哀艳缠绵，不仅在唐人诗中不多见，而影响及于后来之文学者尤巨。"读来令人不忍千余年后对元才子再多加声讨矣！

无题①二首

（之一）

昨夜星辰昨夜风②，画楼西畔桂堂东③。

身无彩凤双飞翼，心有灵犀④一点通。

隔座送钩⑤春酒暖，分曹射覆⑥蜡灯红。

嗟余听鼓应官去，走马兰台⑦类转蓬。

李商隐（约813—约858），字义山，号玉谿生，怀州河内（今河南沁阳）人，祖父时迁居郑州荥阳（今河南荥阳市）。他一生陷于"牛（僧儒）、李（德裕）党争"的漩涡，坎坷不得志。其诗风格绮丽精工，绵密深婉，七言律、绝尤工，律诗为杜甫之后的第一人，咏爱情的"无题"诗更系绝唱。与杜牧齐名，有别于前人李白与杜甫，故人称"小李杜"。

① 无题：李商隐共作"无题"诗约二十首，是他所独创的一种诗歌体式，寓意深婉而情思绵邈，历来传唱人口。此组"无题"诗一为七律，一为七绝。

② "昨夜"句：星辰与风色一如昨夜而人已各奔东西。

③ 画楼：美丽的楼阁。桂堂：芬芳的厅堂。

④ 灵犀：指犀牛角，中心的髓质如线，贯通根末，古代视为灵异之物，此处喻灵心相通。

⑤ 送钩：古代游戏，又称藏钩。参加者分为两方，一方藏钩，一方猜钩在谁手。

⑥ 射覆：猜谜游戏，原为将物覆盖而让人猜度。后人将猜谜语亦称射覆。

⑦兰台：本为汉代宫廷之藏书阁，藏秘书典籍之处，唐高宗时改秘书省为兰台。其时作者任秘书省正字。

令人难忘的是昨夜的星辰昨夜的风，在美丽的楼阁西畔芬芳的厅堂之东。身上虽然没有彩凤可以飞翔的双翼，心中却有奇异的灵犀和她一线相通。隔着座位玩藏钩之戏春酒分外温暖，分队猜谜蜡烛比平日似乎更加殷红。可叹啊晨鼓催人我只得上班听差去，秘书省骑马往来如风中旋转的飞蓬。

此诗众说纷纭，论者有的说是托寓君臣遇合，有的说是咏叹不得立朝，有的说是言得路者与失路者之不同，等等。但不少人认为这是席上有遇而追忆绮事的情诗或曰艳诗，我赞成这一看法，不要将旖旎的春日风光解为萧索的冬日图景吧。何况这一组诗的第二首绝句"闻道阊门萼绿华，昔年相望抵天涯。岂知一夜秦楼客，偷看吴王苑内花"，正是前一首律诗所荡漾的情爱的余波。

清代王夫之在《姜斋诗话》中说"以乐景写哀，以哀景写乐，一倍增其哀乐"，这首诗虽非以乐景写哀情，但却是以乐景写相思的惆怅之情。颔联为爱情名句，千年来传唱不衰，不过，好诗常有多义，常有多解，颔联固然是抒写恋爱双方虽异地而两心相通的绝妙好辞，但传唱至今，它的应用范围更为广阔，已并非完全是男女之间抒发恋情的专利了。

情

依依脉脉①两如何？细似轻丝渺似波②。

月不长圆花易落，一生惆怅为伊③多。

　　吴融（？—903），字子华，越州山阴（今浙江绍兴）人，晚唐龙纪元年（889）登进士第。其诗多为纪游与送别之作，《废宅》一诗，清人薛雪《一瓢诗话》称为"晚唐绝唱"。

①依依：依恋不舍。脉脉：含情欲吐。
②渺似波：如烟波迷茫。
③伊：她，意中人。

　　依依不舍、脉脉含情这两种情态如何描画？好有一比则细微如同轻纱渺茫好似烟波。大自然中明月不会长圆、花儿容易谢落，我一生因为你啊而经常久久地伤怀落寞。

　　诗人将抽象的情化为具体可感的意象，而且他创造的相思情境具有解释的多样性，内涵不可确指，而不同的读者可以有不同的领悟，这常常也是好诗的特征之一。中国的哲学，是一种以时间和空间为核心的生命哲学，而对时间和生命以及爱情的咏叹，则是中国文学特别是中国诗歌永恒的主题。这首诗也表现了青春的可贵、爱情的可珍、生命的可惜，是主题的确定性与具体内涵的模糊性的统一，但诗中所抒发的地久天长与生命同在的相思之情，一以贯之，其真挚的倾诉与持久的自守分外动人情肠。

读吴融此诗，我不禁想起刘半农 1920 年写成的名作《教我如何不想她》，此诗 1926 年由语言学家赵元任谱曲，传唱至今："天上飘着些微云，地上吹着些微风。啊！微风吹动了我头发，教我如何不想她？月光恋爱着海洋，海洋恋爱着月光。啊！这般蜜也似的银夜。教我如何不想她？ ……"八年后刘半农中年去世，赵元任的挽联："十载奏双簧，无词今后难成曲；数人弱一个，教我如何不想他。"

思帝乡

◎〔五代〕韦庄

　　春日游，杏花吹满头。陌上①谁家年少，足②风流。

　　妾拟将身嫁与，一生休。纵③被无情弃，不能羞。

韦庄（约 836—910），唐末、五代前蜀诗人、词人。字端己，长安杜陵（今陕西西安东南）人。与温庭筠并称"温韦"，温词秾丽而韦词俊爽，同为"花间派"健将。

①陌上：田间的小路上。

②足：足够，十分。

③纵：纵然，即使。

春天去郊野游赏，杏花在风中纷飞吹满头上。田间小路上谁家少年，十足的英俊模样。我心中暗恋想嫁给他，共度百年美时光。即使将来被他无情抛弃，我决不羞愧悲伤。

清人贺裳《皱水轩词筌》说"小词以含蓄为佳，亦有作决绝语而妙者"，就曾以韦庄此词为证。词中的少女形象，独具个性与风采，她的开放，她的对自由与幸福的无畏追求，她的不计后果的大胆精神，在千年前的封建时代可谓空谷足音。古希腊的柏拉图曾说："浸在爱河中的时候，人人都是诗人。"此作虽然是代言体，即所谓"男子作闺音"，但我们还是要感谢韦庄设身处地，赠给我们一首在文人词作中难得一见的"作决绝语"的好诗。

《思帝乡》中表现的自由思想与追求精神，在民歌中虽不鲜见，但在文人作品中却不可多得。白居易《井底引银瓶》一诗，写"妾弄青梅倚短墙，君骑白马傍垂杨。墙头马上遥相顾，一见知君即断肠"，情景与韦庄之诗类似，"墙头马上"一词，后来还被元曲家白朴借用做了他的一曲杂剧之名。但白居易诗中这位自称"妾"的女主人公被她心中的白马王子始乱终弃，她的心情与韦庄词中的女主人公却截然相反，而是"今日悲羞归不得"。白居易作诗，提倡"卒章显其志"，他在此诗之尾谆谆告诫："寄言痴小人家女，慎勿将身轻许人！"时至观念更新世风开放的今日，李白大诗人的教言似乎更显语重心长。

菩萨蛮

◎〔五代〕李煜

　　花明月暗笼轻雾，今宵好向郎边去。划袜①步香阶，手提金缕鞋②。画堂南畔见，一向偎人颤③。奴为出来难，教君恣意怜④。

【作者简介】

李煜（937—978），彭城（今江苏徐州）人，字重光，初名从嘉，为南唐中主李璟第六子，史称"南唐后主"。能文、工书、善画、知音律，精于鉴赏，极富文名。是不可多得的全面的天才艺术家，尤工于词。

【注释】

① 刬（chǎn）袜：女子穿袜而未穿鞋，称刬袜。

② 金缕鞋：镶织有金丝线之鞋。

③ 一向：一味，一意，或作"多时""许久"解。颤：抖。

④ 恣意怜：任凭尽情地怜爱。恣：听任，任凭。

【诵译】

花明月暗四周笼罩着朦胧的轻雾，如此良宵好夜啊正好幽会情郎去。怕惊动他人只悄悄上下台阶，提在手中的是镶着金线的鞋。在画堂南边我们悄悄相见，你久久颤抖依偎在我胸怀。低声诉说前来相会好不容易，任凭郎君我尽情地蜜爱轻怜。

本来堪称词国之君的李煜，却不幸而为亡国之君。此词全用赋体，纯系白描，只从"花、月、雾"的典型幽会情境落笔，从"明、暗、轻"的对比光影渲染色彩，人立纸上，情景若画，读之如在眼前，诵之余香满口。宋太祖赵匡胤曾说："李煜好个翰林学士，可惜无才作人主耳！"清人郭麐（lín）《南唐杂咏》也说："作个才人真绝代，可怜薄命作君王。"赵匡胤做了"人主"又怎么样？我大学时代的授业老师启功先生咏李煜说得好："一江春水向东流，命世才人踞上游。末路降王非不幸，两篇绝调即千秋！"

据考，此词是写李后主与小周后的幽会。公元954年，十八岁的李煜娶十九岁的娥皇为妻，她是南唐功臣大司徒周宗长女，才貌双绝，是为大周后。夫妻两情相悦，李后主为她写有传诵至今的名作《一斛珠》。十年后，大周后患病，其十五岁的亲妹进宫探视，与二十八岁的后主相识，其才华、颜值令后主十分爱悦。大周后病逝，后主写有十分悲情的《昭惠周后诔》。三年后，后主以隆重的皇家礼节迎娶大周后之妹，是为小周后。金陵被宋军攻破之后的公元976年正月，李煜和小周后被羁押于宋朝京城汴梁（今河南开封），小周后多次被宋太宗赵光义召至内宫而遭凌辱。两年多之后的七月七日，李煜四十二岁生日之夜，赵光义赐其服死状惨烈的"牵机药"而亡，小周后悲痛至极不堪再受辱而自尽。知悉这一"本事"，可以加深对此诗情境的体味。

李后主治国低能而写词高明，他的词善于将个人情事升华为具有普遍人生意蕴的意境，将具体的写实升华为超越现实的永恒的艺术。

蝶恋花

◎〔宋〕柳永

伫倚危楼①风细细，望极春愁，黯黯②生天际。草色烟光残照里，无言谁会凭阑意。

拟把疏狂③图一醉，对酒当歌，强乐还无味。衣带渐宽终不悔，为伊消得④人憔悴。

柳永（约987—约1053），崇安（今福建武夷山市）人。原名三变，字景庄。后改名永，字耆（qí）卿，排行第七，故称柳七，因曾任屯田员外郎，故又称柳屯田。他是北宋第一个专力攻词而以婉约名世的作家。其词多反映中下层市民的生活，语言俚俗生动，风行一时，所谓"凡有井水处，即能歌柳词"。

① 伫：久立。危楼：高楼。

② 黯黯：深黑色，此处指黯然神伤。

③ 疏狂：疏散狂放，不受拘束。

④ 消得：值得。

在高楼的习习轻风中久久站立，登高望远黯然神伤，一派春愁涌动渺茫的天际。夕阳照耀下烟光淡淡草色萋萋，黯然无语谁知道我的凭栏之意。我本来打算放浪形骸而图一醉，对酒应该低咏高歌，但强颜为欢终究没有兴味。衣裳渐渐宽松而我始终无怨无悔，为她消磨得瘦骨伶仃面容憔悴。

王国维在他的《人间词话》中，曾说古今之成大事业大学问者，必须经过三种境界，他将此词结句认定为第二境界。我却要说它是词中的画龙点睛之笔，灵珠一颗，全词遍体生辉。莎士比亚说过："'爱'和炭相同，烧起来，就要把一颗心烧焦。"这首词的主人公由相思怀人而导致的"憔悴"也是如此。他虽然自作自受，却是"终不悔"，不仅一厢情愿，而且是心甘情愿。在恋爱中假若有如此之"自我牺牲"精神而非强行骚扰，即使俘虏不了"伊"的芳心，至少应该得到意中之人"伊"的理解与同情吧？

李白早就有"暝色入高楼，有人楼上愁"（《菩萨蛮》）之名句，汉代《古诗十九首》中亦有"相去日已远，衣带日已缓"之好辞，五代冯延巳《鹊踏枝》里复有"日日花前常病酒，不辞镜里朱颜瘦"的佳唱。但是，柳永虽然有所传承，但他却能翻陈出新，不让前人专美于前，有如虽是旧有的乐器，却能演奏出全新的歌曲。

生查子① 元夕

◎〔宋〕欧阳修

去年元夜②时，花市③灯如昼。月上柳梢头，人约黄昏后。

今年元夜时，月与灯依旧。不见去年人，泪满④春衫袖。

欧阳修（1007—1072），字永叔，号醉翁，晚年又号六一居士，吉州吉水（今属江西）人。诗人、文学家、史学家。诗、词、散文的造诣均高，乃北宋古文运动的领袖，"唐宋八大家"之一。其词多写男女恋情、离情别恨与自然风光，风格清新隽永，承唐五代词风余绪而又自开新境。

① 生查子：此词亦载朱淑真《断肠集》，明人杨慎《词品》亦以为系朱淑真之作。南宋曾慥（zào）所编《乐府雅词》作欧阳修，清代学者叶申芗之《本事词》考定作者亦为欧阳修，当是。

② 元夜：农历正月十五元宵节之夜，亦称"上元"。唐代自唐玄宗开始即有放灯火三夜的习俗，故又称灯节。宋太祖开宝年间又加两夜，称"五夜元宵"。

③ 花市：火树银花的繁华街市。

④ 泪满：一作"泪湿"。

去年元宵佳节的夜晚啊，火树银花街市如同白昼。一轮圆月升上柳树枝梢，有情人约会在黄昏之后。今年元宵佳节的夜晚呢，圆月与花灯啊依然如旧。却不见了那去年的人，伤怀的热泪落满我衫袖。

月、灯、夜如故而人事已非，在时间、地点、景物、结局的对比中，在同与不同、变与不变的反复咏唱中，抒写的是一段缠绵而令人惆怅追怀的爱情，构成一阕动人的爱情回旋曲。词中的"月上柳梢头，人约黄昏后"，乃千古传唱不断在口头与诗文中再版的名句。"黄昏后"为恋人相聚最暧昧和神秘的时分，而"月上柳梢"则是造化所安排的最富诗意的布景。自宋代以来尤其是近现代，不知有多少恋人在这一典型的诗意背景下，演出过他们的爱情故事。如今的约会多在茶室、咖啡店、卡拉OK厅和酒吧舞池，哪里还能寻觅古典的雅致清纯与温馨？

在古典诗词中，以元夜为背景的抒写爱情之作，无人能出欧阳修此词之右。只有辛弃疾的"蓦然回首，那人却在，灯火阑珊处"（《青玉案·元夕》）可以媲美。同一题旨与情调之词，欧阳修尚有《浪淘沙》："把酒祝东风，且共从容，垂杨紫陌洛城东。总是当时携手处，游遍芳丛。　聚散苦匆匆，此恨无穷，今年花胜去年红。可惜明年花更好，知与谁同？"此词亦为名作，结句亦为名句，且同是今昔对比，但似乎仍不及《生查子·元夕》之词之恻恻动人。

卜算子

◎〔宋〕李之仪

我住长江头①，君住长江尾②。日日思君不见君，共饮长江水。

此水几时休③，此恨何时已④。只愿君心似我心，定⑤不负相思意。

　　李之仪（约1035—1117），字端叔，号姑溪居士，沧州无棣（今属山东）人。词作有《姑溪词》九十四首，多小令，词风属于婉约派，长于淡语、景语、情语。

①长江头：指长江上游四川一带。
②长江尾：指长江下游江苏一带。
③休：停止，结束。
④已：完结，停止。
⑤定：作为衬字，作用为补足语气，增强声情。

　　我住在长江的上游啊，你却住在下游的江尾。天天忆念你啊却又见不到你，共饮长江这同一流水。长江水几时停止奔腾，我的愁恨何时可停息，唯有希望你的心像我不变的心，才不会辜负我相思的情意。

　　此词以男子作闺音，托为女子口吻，出以回环复沓之民歌风调，语言朴实无华，但"我""君"两两对举，"长江水"一线贯穿，写来情深意挚，婉曲而有深度。如果说"此水几时休，此恨何时已"，是远承南唐后主李煜之"问君能有几多愁，恰似一江春水向东流"的余绪，那么，结句从后蜀词人顾敻（xiòng）《诉衷情》之"换我心，为你心，始知相忆深"化出，却有出蓝之美。山东多豪杰之士，李之仪是山东人，却为南方的长江写出了如此婉约之词，为长江的南方谱出了如此爱情之曲，真是锦心绣口，笔下生花。

台湾名诗人余光中生长于江南，青少年时期于抗日战争中流亡四川。在海峡两岸尚未开放的1985年，他在香港写有《纸船》一诗，共两段："我住长江头／你在长江尾／折一只白色的小纸船／投给长江水／／我投船时发正黑／你拾船时头已白／人恨船来晚／发恨水流快／你拾船时头已白。"他遥接的，正是此词的一脉心香，李之仪若有知，当会欣然一笑。

临江仙

◎〔宋〕晏幾道

梦后楼台高锁，酒醒帘幕低垂①。去年春恨却②来时。落花人独立，微雨燕双飞③。

记得小蘋④初见，两重心字⑤罗衣。琵琶弦上说相思⑥。当时明月在，曾照彩云归⑦。

晏幾道（1038—1110），字叔原，号小山，抚州临川（今江西抚州）人。晏殊第七子，能文善词，与晏殊合称"二晏"。他工于言情，词风与李煜相近，兼花间派之长，有《小山词》存世，乃婉约派的代表词人之一。

① "梦后"两句："梦后"与"酒醒"为互文。

② 却：又，再。

③ "落花"两句：出自五代翁宏《春残》一诗。

④ 小蘋：友人家的歌女名，即沈廉叔、陈君龙两家歌女"莲、鸿、蘋、云"之"蘋"。

⑤ 两重心字：两个篆书"心"字结成的连环图案。

⑥ "琵琶"句：从白居易《琵琶行》中之"低眉信手续续弹，说尽心中无限事"化出。

⑦ 彩云归：化用李白《宫中行乐词》中之"只愁歌舞散，化作彩云飞"。"彩云"喻小蘋之美，并暗示其歌伎身份。

午夜梦回迷离中唯见高楼深锁，宿酒醒来蒙眬里只觉帘幕低垂。去年因春光逝去的怅恨又袭叩心扉。落红成阵中孤单地久久伫立，春雨霏微中看翩翩燕子双飞。铭心永记和小蘋的惊鸿初见，她穿的是双重"心"字的轻薄罗衣。在琵琶弦上诉说相思多么令人心醉。今宵在天的依旧是当时的明月，照耀她归去的却是往日的清辉。

根据晏幾道在《小山词》的自跋所述，他的好友沈廉叔、陈君龙家有"莲、鸿、蘋、云"四位歌女，他的新词经常由她们在筵席之间演唱而流传，他与小蘋之间曾有一段恋情，后来沈殁陈病，四位歌女也风流云散。这首《临江仙》就是词人对于温馨往事的追忆。

白居易在《简简吟》中说："大都好物不坚牢，彩云易散琉璃脆。"此词中的"彩云"也是如此。《小山词》中屡次提到如同彩云的小蘋，如《木兰花》中的"小蘋若解愁春暮，一笑留春春也住"，《玉楼春》的"小鼙微笑尽妖娆，浅注轻匀长淡净"。主人去世，小蘋等人也流落民间，不知所终。此词如《小山词》自序所云："所记悲欢离合之事，如幻如电，如昨梦前尘，但能掩卷抚然，感光阴之易迁，叹镜缘之无实也。"

晏幾道是一位"词人"，更是一位"痴人"，后世评论家众口交誉称之为"古之伤心人"。"落花人独立，微雨燕双飞"，原为五代翁宏《春残》诗中的成句，一经晏幾道移用于新的语境之中，遂成千古佳唱，而读者大都不知"其来有自"了。全词上片写"春恨"，下片写"相思"。苦恋情，孤寂感，无穷恨，时空叠映，构思婉曲，痴人痴语，写人世间普遍可见的美的消逝与人世间人所共有的对美的追怀，真是情深语挚摇人心旌，这就是美的经典与经典的美之永恒魅力。

鹊桥仙

〔宋〕秦观

　　纤云弄巧^①，飞星^②传恨，银汉迢迢暗度。金风玉露^③一相逢，便胜却人间无数^④。

　　柔情似水，佳期如梦，忍顾^⑤鹊桥归路。两情若是久长时，又岂在朝朝暮暮！

秦观（1049—1100），字少游、太虚，号淮海居士，高邮（今属江苏）人。"苏门四学士"之一，最为苏轼所重，他是婉约派词人中的名家，有《淮海居士长短句》。

① 纤云弄巧：纤薄的云彩变幻各种图景。暗喻向织女"乞巧"的七夕。

② 飞星：流星。

③ 金风玉露：秋风白露。化用李商隐《辛未七夕》诗："恐是仙家好别离，故教迢递作佳期。由来碧落银河畔，可要金风玉露时。"

④ "便胜却"句：化用唐人李郢（yǐng）《七夕》诗："乌鹊桥头双扇开，年年一度过河来。莫嫌天上稀相见，犹胜人间去不回。"

⑤ 忍顾：怎忍回顾。

轻柔的彩云编织各种图案，飞逝的流星传递别恨离愁，牛郎织女在七夕把迢遥的银河暗渡。每年在秋风白露中于天上的一回相见，要远远胜过那茫茫人世间的无数凡俗。柔情啊如水一样悠长温软，佳期啊像梦一样轻飘短促，怎么忍心回顾鹊桥成为我们的归路。你和我的感情若是坚贞不渝、地久天长，哪里又在乎形影不离厮守在朝朝暮暮！

牛郎织女的故事，汉代即已开始流行，诗人们或咏叹他们的相思之苦，或歌唱他们的相会之欢，如汉代《古诗十九首》中的"迢迢牵牛星，皎皎河汉女。纤纤擢素手，札札弄机杼。终日不成章，涕泣零如雨。河汉清且浅，相去复几许？盈盈一水间，脉脉不得语"。如杜牧的《秋夕》："银烛秋光冷画屏，轻罗小扇扑流萤。天阶夜色凉如水，卧看牵牛织女星。"秦观此诗却独弹别调，其结句尤其被词评家美称为"化腐朽为神奇"（清·黄苏《蓼园词选》）。

咏七夕之古典诗词，此作当为上上之选，它不仅新其命意，而且新其意象，同时新其语言，唐宋词中殊不多见。不过，结句所说的那种境界，恐非一般重在当下的凡人所能做到。人生苦短，为欢几何？当代女诗人舒婷《神女峰》一诗有句说："与其在悬崖上展览千年，不如在爱人肩头痛哭一晚。"可视作秦观词的反调。

青玉案

◎〔宋〕贺铸

凌波不过横塘路①，但目送、芳尘②去。锦瑟华年谁与度？月桥花院，琐窗③朱户，只有春知④处。

飞云冉冉蘅皋⑤暮，彩笔新题断肠句。若问闲情⑥都几许？一川烟草，满城风絮，梅子黄时雨！

【作者简介】

贺铸（1052—1125），字方回，祖籍山阴（今浙江绍兴），生于卫州共城（今河南卫辉），才兼文武，屈居下僚。因《青玉案》一词而得名"贺梅子"。词风兼具婉约与豪放，有《东山词》。

【注释】

① 凌波：形容美人步履轻盈，出自曹植《洛神赋》："凌波微步，罗袜生尘。"过：访、探望、到来。横塘：苏州盘门之南十余里，贺铸退居苏州时于此筑"企鸿居"。

② 芳尘：即罗袜生尘，代指美人。

③ 琐窗：窗上雕刻或彩绘连环状花纹。

④ 春知：春光知道，即人不知也。

⑤ 蘅皋（gāo）：杜蘅生长的水边泽畔。

⑥ 闲情：与正事无关之愁，常指爱情。

【诵译】

翩若惊鸿的步履不到横塘这边，我只好目送芳尘飘然远去。美好的青春岁月谁和她共同度过？月照溪桥花开亭院，雕花窗棂朱红门户，只有春光知道她的住处。我久立杜蘅生长的水边一直到暮云四合，不见伊人啊只得彩笔新题那断肠之句。试问郁积于心多少愁怀恨绪？看满地的烟笼青草，满城的风扬柳絮，还有那满天的霏霏梅雨。

【心赏】

北宋诗人黄庭坚《寄贺方回》说："少游醉卧古藤下，谁与愁眉唱一杯？解作江南断肠句，只今惟有贺方回。"他将贺铸与秦观并列，并且极致赞誉。贺词结句，以精彩独造的"博喻"喻"闲愁"，确为千古绝唱。"博喻"，又称"联珠比喻"，西方称之为"莎士比亚式比喻"，因为博喻是指用多个比喻去多方面地形容同一个事物，莎士比亚的戏剧最擅此道，其笔下妙"喻"连珠，读者读其《罗密欧与朱丽叶》等名剧即知，而贺铸此词之结句可以和莎翁一较身手。

如果要评选以比喻写愁情的冠军之作，恐怕要推贺铸的《青玉案·横塘路》而莫之它属。杜甫《自京赴奉先县咏怀五百字》以山喻愁："忧端如山来，澒（hòng）洞不可掇。"李煜《虞美人》以水喻愁："问君能有几多愁，恰似一江春水向东流。"秦观以海喻愁："春去也，落红万点愁如海。"李清照以舟船喻愁："只恐双溪舴艋舟，载不动许多愁。"如此等等，精彩纷呈，但似都不及贺铸以博喻取胜之作。

【双调】

折桂令　梦中作

◎〔元〕郑光祖

半窗幽梦微茫，歌罢钱塘①，赋罢高唐②。风入罗帏，爽入疏棂，月照纱窗。

缥缈见梨花淡妆，依稀闻兰麝余香。唤起思量，待不思量，怎不思量？

【作者简介】

郑光祖（？—1324之前），字德辉，平阳襄陵（今山西襄汾西北）人，他是元代后期重要的戏曲作家，与关汉卿、马致远、白朴并称"元曲四大家"。杂剧《倩女离魂》是其代表作，散曲清丽圆润。

【注释】

① 歌罢钱塘：指南齐钱塘名妓苏小小。

② 赋罢高唐：战国时楚人宋玉作《高唐赋》，写楚襄王梦游高唐时与巫山神女欢会。

【诵译】

窗户半开和她幽会如幻如梦依稀微茫，柔情似水她有如苏小小歌喉婉转，蜜意如饴我好似襄王神女在高唐。夜风啊吹动轻薄的罗帏，爽气从稀疏的窗棂吹进，一轮明月照耀着碧纱窗。恍恍惚惚看到她如一枝素洁淡妆的梨花，隐隐约约闻到她身上有如兰似麝的芬芳。幻美的梦境唤起我对往事的回想，我不想也不忍去回首那前尘如梦，但刻骨铭心的往事又怎能不思量？

　　梦，是现实与心理的曲折投影。中国古典诗文中写梦的诗文篇章不少，足可以编撰成一本皇皇大著《中国梦文学史》。此作以幻写真，以真写幻，真真幻幻，令读者疑幻疑真。诗美是多样的，如同春日的百花，"朦胧美"就是诗美的一种，诗经中《陈风·月出》和《秦风·蒹葭》，是中国诗歌朦胧美的源头，郑光祖的《折桂令·梦中作》则是千年后的一朵浮光跃金的浪花。

　　郑光祖此作写的是对曾经相遇的恋情或艳情的回想，台湾当代女诗人席慕蓉的《盼望》是："其实　我盼望的／也不过就只是那一瞬／我从没要求过　你给我／你的一生／如果能在开满了栀子花的山坡上／与你相遇　如果能／深深地爱过一次再别离／那么　再长久的一生／不也就只是　就只是／回首时　那短短的一瞬。"只是古典诗与现代诗的韵味有别，一者有如兰陵美酒，一者有如白兰地。

妒花①

昨夜海棠②初着雨，数点轻盈娇欲语。

佳人晓起出兰房③，折来对镜比红妆④。

问郎"花好奴颜好"？郎道"不如花窈窕"。

佳人闻语发娇嗔⑤："不信死花胜活人。"

将花揉碎掷郎前："请郎今日伴花眠！"

【作者简介】

唐寅（1470—1523），字伯虎，一字子畏，号六如居士、桃花庵主、逃禅仙吏，人称"江南第一风流才子"。吴县（今江苏苏州）人。明代诗人、画家、书法家。

【注释】

① 妒花：对花的嫉妒。

② 海棠：花名，春季开红花，花容艳丽。

③ 兰房：与"兰闺""香闺"义同，女子居室之美称。

④ 红妆：古时年轻女子之妆饰，也指美女。

⑤ 嗔（chēn）：同"瞋"，生气发怒。

【诵译】

昨天夜晚海棠刚刚沐过春雨，花开几朵娉娉婷婷含娇欲语。美人早晨起来走出闺房观赏，折来花朵对镜比较自己的容光。她问郎君："花好还是我颜色好？"郎君答说："你比不上海棠窈窕。"美人听到后就故意怒气冲冲："不信死花能美过活生生的人！"她将花搓碎后抛到郎君面前："那就请你今天晚上伴花而眠。"

在明代，唐寅和祝允明、文徵明、徐祯卿并称"江南四才子"，其画又与沈周、文徵明、仇英并称"吴门四家"。他曾因科场冤案入狱，命途坎坷，所谓"唐伯虎点秋香"等风流故事纯系子虚乌有，但他的确也曾有过一位两情相悦而早逝的妻子，名沈九娘。此诗脱胎自唐无名氏《菩萨蛮》："牡丹含露真珠颗，美人折向庭前过。含笑问檀郎：'花强妾貌强？'檀郎故相恼：'须道花枝好。'一面发娇嗔，碎挼（ruó）花打人。"此诗或是写给九娘的亦未可知，但读诗在于诗趣诗味，也不必坐实"本事"。

唐寅这首爱情诗，在古典文人爱情诗中却仍然别具一格。它是写年轻夫妇间出于爱恋而互相调笑戏谑，而且通过采花、比花、揉花的典型细节，以对话的方式出之。全诗写人物对话率直与婉转兼而有之，如闻人立纸上，呼之欲出，表现颇有"颜值"的女主人公之亦嗔亦娇，读来如饮醇醪令人微醉。以对话为主写成的诗作，在中国古典诗歌中为数不多，因为诗作者常是设身处地，代替所写的主人公直抒胸臆，而对话要写得声口毕肖，一语百情，却颇为不易。唐寅此诗，仅就"对话"这一道风景而言，也够读者观光的了。

在唐寅之前，唐代崔颢的《长干行》写年轻男女在长江舟中试探性的对话，宋代欧阳修《南歌子》写新婚夫妇象征性的对话，都可以说是风光旖旎妙到毫巅之作，读者不妨对读而互参。由此也可以看到，即使是民间传说中大名鼎鼎的唐伯虎，也曾去前人的诗库中取经，不可能完全凭空创造。

柳絮词

◎〔明〕钱谦益

白于花色软于绵，不是东风不放颠①。

郎似春泥侬似絮，任他吹著②也相连。

钱谦益（1582—1664），字受之，号牧斋，常熟（今属江苏）人。明清之交的诗人、文学家，主盟文坛达五十年之久，与吴伟业、龚鼎孳（zī）合称"江左三大家"。

① 放颠：柳絮被东风吹得四处飞舞。颠：颠狂。杜甫《江畔独步寻花》："颠狂柳絮随风舞，轻薄桃花逐水流。"

② 著（zhuó）："着"的本字。

比白色花更洁白比丝绵更轻软，不是东风吹拂就不会飞舞蹁跹。情郎啊你像春泥我就像那柳絮，任它风吹雨打我们也紧紧相连。

明清之际的诗坛领袖钱谦益，虽然一度降清而大节有亏，但他毕竟很快就幡然悔悟，之后写了不少可读可诵的感怀时世追悔当初的诗作。除此之外，他还写过一些颇堪吟咏的爱情诗，此即富于民歌风味与民间风情的一首。此诗题中有"柳"字，应该是赠给意中人、风尘女兼女侠柳如是的吧？诗中比喻多矣，此诗之比清新圆美如春天的露珠。"白于花色软于绵，不是东风不放颠"之比，单看也并不算十分出色，但结合下文将郎比为"春泥"，而"春泥"与"絮"却"任他吹著也相连"，于是立即妙趣横生了。

柳如是不仅是风尘侠女，也是诗国名姝，当代国学大师陈寅恪以双目失明的半废之身，还凭口授为她写成八十余万言的《柳如是别传》。柳如是曾作《西湖八绝句》，其首篇："垂杨小院绣帘东，莺阁残枝蝶趁风。大抵西泠寒食路，桃花得气美人中。"她认为桃花之美得自美人之气，钱谦益读后再三赞赏，先是在《西湖杂感》中说"杨柳长条人绰约，桃花得气句玲珑"，后又在《姚叔祥过明发堂，共论近代词人，戏作绝句十六首》中，又盛誉此诗"今日西泠夸柳隐，桃花得气美人中"。他曾多次表示非柳如是不娶，最后这一双相差三十六岁的有情人老少恋终成眷属。

长相思 采花

〔清〕丁澎

郎采花，妾采花，郎指阶前姊妹花①，
道侬强似它。

红薇花，白薇花，一树开来两样花，
劝郎莫似它！

丁澎（1622—1685），顺治十二年（1655）进士，字飞涛，号药园，仁和（今浙江杭州）人。能诗善词，与仲弟丁景鸿、季弟丁潡皆以诗名，时称"三丁"。

① 姊妹花：此处指一株蔷薇开出红白二色。蔷薇一名牛棘，又名刺红，其花一枝数簇，一簇数花，一株数色，民间称为"姊妹花"。

郎君采花，妾也采花，郎君指着台阶前盛开的蔷薇，赞美我的容貌胜过它。红蔷薇花，白蔷薇花，一株树上开出两种颜色的花，我劝郎君啊不要像它！

此词围绕"蔷薇"落笔，以"郎"与"妾"、"红"与"白"、"姊妹花"与"两样花"两两对举成文，以"强似"与"莫似"之翻叠陡转诗意，歌唱爱情的忠贞和忠贞的爱情。语言回环往复，读来唱叹有情。诗中之"郎"，本以"强似它"来夸赞意中人，但不料她却妙以花之二色暗喻人之二心，而劝郎"莫似它"，顺手牵来，亦警亦诫，可见其蕙质兰心。

中国古代诗人只偶以蔷薇、牡丹之类来表现爱情，西方诗人则常以玫瑰来表现爱情和所爱的对象，如十八世纪与十九世纪之交的德国大诗人歌德有《野玫瑰》，十八世纪末的英国名诗人布莱克有《我可爱的玫瑰树》，十八世纪苏格兰有史以来最杰出的农民诗人彭斯有《一朵红红的玫瑰》，十九世纪俄国最伟大的诗人普希金也有《玫瑰》一诗。歌德的一些名诗，曾被许多大音乐家如贝多芬等人谱成乐曲，流传世界，其根据民歌改的《野玫瑰》，就曾由舒伯特等作曲家谱曲，共达百次以上，成为世界民歌之一。丁澎此词的警示意义，今日远未过时，有谁能为之谱曲呢？

高高山上一树槐①

〔清〕民歌

高高山上一树槐，

手攀槐枒②望郎来。

娘问女儿："望什么？"

"我望槐花③几时开。"

① 一树槐：一株槐树。槐：植物名，落叶乔木。

② 枒（yā）："丫"的异体字，枝丫。

③ 槐花：槐树于夏季开花，花色淡黄，可入药。

高高的山上长有一株槐啊，手攀槐枝盼望情郎早些来。娘在一旁询问女儿"望什么"，"娘啊，我望槐花什么时候开。"

这是一首有叙事因素的短小抒情诗，也是一幕轻松活泼的小喜剧。首句是布景，次句引出全诗的主要人物，在如此铺垫和安排之后，最精彩的是娘和女儿间简短而含义深长的对话，娘的问话也许是无意，或者是有心，但在"男女授受不亲"的旧时代，恋爱中的有"隐私"的女儿却不得不巧为掩饰。其母可能已被其女瞒天过海，而读者却早就明白究竟，如此更觉风趣横生。

《高高山上一树槐》是云南民歌，曾有曲谱广为传唱。见于中国音乐研究所 1960 年编定而由音乐出版社印行的《中国民歌》（简谱本）。与它同曲传唱的姊妹篇《雨不洒花花不红》："哥是天上一条龙，妹是地下花一蓬。龙不翻身不下雨，雨不洒花花不红。"意象清新，韵味无穷，言在此而意在彼，真是人间的天籁，民间的绝唱，无上妙品的好辞。

壮族山歌①

〔清〕民歌

连②就连，

我俩结交订百年③。

哪个九十七岁死，

奈何桥④上等三年。

① 壮族山歌：此为壮族民歌，壮族为我国少数民族之一，居住在广西壮族自治区和广东省、云南省一带。

② 连：结合，联姻。

③ 订百年：约定、签订夫妻的百年之好。

④ 奈何桥：自古相传的说法，阴阳交界之处有一条奈河，河上有一桥为奈何桥，为人死后去阴间的必经之路。

要结姻缘就要结好姻缘，我们俩约定白头偕老到百年。哪个九十七岁自己就先走了，在那奈何桥上等也要等三年。

一首优秀的民歌就如一颗灿烂的星辰，它的光辉长久地照人眼目，引人企望。这首民歌咏唱的是海枯石烂的爱情，却不是蹈常袭故，而是作生前身后之痴想，这在民间众多情歌中可谓别开生面，感情之真挚与想象之新奇，都撼人心魄。

百年新诗中作民歌如此想如此咏者，百寻不得。但台湾名诗人余光中有组诗四首总题为《三生石》赠予夫人范我存，其中多有此类痴想奇思，其中也写到"奈何桥"，也写到"我会等你"。如《当渡船解缆》的后一部分，诗人假设写先走的自己在彼岸等候："我会在对岸／苦苦守候／接你的下一班船／在荒芜的渡口／看你渐渐的靠岸／水尽，天回／对你招手。"台湾名小说家高阳读后，依其意作七绝四首，其一与其三："水阔天长挥手时，待君相送竟迟迟。一朝缘证三生石，如影随形总不离。""依稀梦影事难明，独记君言'我待卿'。此即同心前世约，须知眼下是来生。"作者一为新诗名家、一为小说高手，作品一为新诗、一为旧体，相对而各自出彩，相映而彼此生辉。

· 欢情篇 ·

但愿君心似我心

桃夭

○ 诗经 周南

桃之夭夭①，灼灼其华②。
之子于归③，宜其室家④。

桃之夭夭，有蕡⑤其实。
之子于归，宜其家室。

桃之夭夭，其叶蓁蓁⑥。
之子于归，宜其家人。

① 夭夭（yāo）：生机蓬勃，生意盎然。

② 灼灼（zhuó）：鲜艳之貌。华（huā）：同"花"，花朵。《礼记·月令》："小桃始华。"

③ 之：这。子：指诗中女子，古代女子也可称"子"。于归：出嫁。

④ 宜其室家："宜"为和顺、适当。男子有妻叫有室，女子有夫叫有家，室家指家庭、婆家。

⑤ 蕡（fén）：果实累累。贺新娘多子多孙。

⑥ 蓁蓁（zhēn）：草木繁茂。贺新娘家族兴旺。

　　桃树含苞满枝杈，花光照眼似红霞。这位姑娘来出嫁，和顺宜室又宜家。桃树含苞开满枝，花儿结出好果实。这位姑娘来出嫁，和顺宜家又宜室。桃树含苞花似锦，成荫绿叶多茂盛。这位姑娘来出嫁，和顺家人喜盈盈。

　　在中国古典诗歌史上，这是最早的一首歌唱青年女子婚嫁的诗，是最早敲响之婚庆的喜乐钟鼓。它表面是写桃树、桃花、桃实，深层却是对新嫁娘的贺词。诗分三章，有如分三次演奏的乐曲，祝贺她婚姻美满，祝福她多子多孙，祝愿她宜室宜家。全诗意象鲜明，比喻恰切，节奏明快，"桃之夭夭""宜室宜家"等词句仍沿用至今，新鲜得如永不变质的水果，令人口齿生香，真是"其喜洋洋者矣"！

读这首写桃花与婚嫁的诗，令我想起台湾名诗人洛夫歌咏春天的诗句："春，在羞红着脸的／一次怀了千个孩子的桃树上。"（《城春草木深》）写桃树桃花，仍然与嫁娶生息有关，他写的虽然是现代新诗，不也仍然流溢一脉遥远的古典的馨香吗？

古绝句

南山一树桂①，上有双鸳鸯②。

千年长交颈③，欢爱不相忘。

① 一树桂：一株桂树。桂树为常绿灌木或小乔木，秋季开花，极为芳香。

② 鸳鸯：鸟名，雌雄偶居不离，古称"匹鸟"，常以之喻恩爱夫妻。

③ 交颈：脖颈相交，意为并头，感情深厚。

南山上有一株芬芳的桂树，上有一对形影不离的鸳鸯。百载千年它们永远在一起，它们你欢我爱啊互不相忘。

"绝句"之名始于六朝的刘宋时期，它是一种诗体，以四句为一首。此诗是魏晋以前的作品，属于汉乐府中之"杂曲歌辞"，最初见于南朝陈代徐陵所编的《玉台新咏》，故称"古绝句"。与唐代成熟而风行的讲求平仄的近体诗"绝句"有别。《古绝句》一共四首，这是第四首。它是一首以物喻人之诗，以成双作对的鸳鸯喻人间恩爱的夫妻。南山是温暖之乡，桂树是芬芳之树，而鸳鸯更是恩爱夫妻的象征。这首明快而纯美的诗，表现的正是我们民族先人对爱情与婚姻的美的理想，可见情爱之真、人性之美。

鸳鸯，是中国人的爱情象征。中国诗人爱以鸳鸯为喻，如汉代乐府长篇《孔雀东南飞》中的鸳鸯象征刘兰芝和焦仲卿，如唐诗人杜甫的《绝句》："迟日江山丽，春风花草香。泥融飞燕子，沙暖睡鸳鸯。"这种象征专利属于中国，外国诗人未能染指，如智利诗人彼森特·维多夫罗的《咱们俩》就是另一番比喻："咱们俩就像是／同一条河里的两道涟漪／咱们俩就像是／同一朵花里的两颗露滴……"

桃叶①歌
（选二）

〔东晋〕王献之

桃叶复桃叶，渡江不用楫②。

但③渡无所苦，我自迎接汝。

桃叶复桃叶，桃叶连桃根。

相怜两乐事，独使我殷勤④。

【作者简介】

　　王献之（344—386），字子敬，东晋会稽山阴（今浙江绍兴）人，祖籍琅琊临沂（今山东临沂）。晋简文帝司马昱之婿，官中书令，世称"王大令"，系"书圣"王羲之第七子，善行草隶，有"小圣"之名，父子被世人并称"二王"。

【注释】

① 桃叶：王献之爱妾之名。

② 楫（jí）：划船的短桨，如中流击楫，亦指划船。

③ 但：只。

④ 殷勤：情意恳切深厚。司马迁《报任少卿书》："未尝衔杯酒，接殷勤之欢。"

【诵译】

　　桃叶啊心爱的桃叶，你渡江来不用担心船桨。只管渡江莫怕浪高风急，派人接你我也等候江旁。

　　桃叶啊亲爱的桃叶，青青桃叶啊连接着桃根，相亲相爱本来互为乐事，你独特别使我情爱殷深。

中唐诗人刘禹锡《金陵五题》中之《乌衣巷》："朱雀桥边野草花，乌衣巷口夕阳斜。旧时王谢堂前燕，飞入寻常百姓家。"是读者所熟知的。诗中所云之"王谢"，就是指东晋与六朝的王、谢两大高门士族，而王羲之与王献之，就是王氏这一大族的人中龙凤。

王献之以书法传名后世，其《桃叶歌》三首，大致就是今日可见的其诗的"全集"。他出身名门望族，又仕途通达，居庙堂之高，但写出的却是这种有真性情而具民歌风的情诗，所咏的对象又是处江湖之远的地位低微的妾侍，这应归于主客观两方面的原因。主观上是他继承了当年以"坦腹东床""东床快婿"闻名的其父的遗传基因，颇具艺术家的气质与才情。客观上呢，魏晋时代儒家礼教因道家老庄思想盛行而被削弱，文人的思想比较崇尚自由和解放，加以抒写人间情爱的乐府民歌开始流行，王献之当也耳濡目染，于是我们今天就有幸读到了他的清新而真挚的《桃叶歌》。

《桃叶歌》的抒情是真挚的。第一首纯用白描，没有居高临下的优越感，没有名家豪族的做派，而是细心入微、呵护备至，是热恋中的年轻情人的迎亲之歌。第二首则诉之比喻，《诗经》早有"桃之夭夭，灼灼其华"的比喻名句了，此诗则以"桃叶"比对方，也巧寓情人之名，以"桃根"而自喻，表现双方的不可分离的亲密关系，也寄寓自己情之所钟的心志。至于"桃叶复桃叶"的反之复之的复沓句式，"桃叶连桃根"的富于生活气息的比喻，那更是乐府吴声歌曲的流风所及了。

因王献之与桃叶的故事而流传至今的"桃叶渡"，在今江苏南京市城西南建康路东首古青溪入秦淮河处。从六朝到明清，不论是"金陵十八景"或"四十八景"，它都列名其中，今日更是旅游的热门景点，也是文艺青年和恋人津津乐道的名胜。不知建于何时的古老巨石牌坊，"桃叶古渡"四字赫然镌刻其上，而两侧的对联"楫摇秦代"与"枝带晋时"，更是令人发思古之幽情，悠然回首。

答王团扇①歌

（选二）

◎〔东晋〕桃叶

七宝②画团扇，灿烂明月光。

与郎却暄暑③，相忆莫相忘。

青青林中竹，可作白团扇。

动摇郎玉手，因风托方便④。

桃叶：东晋大书法家王献之妾，桃叶为其名，其余不详。

①团扇：圆形而中间有梁之扇，宫廷常用，故又称宫扇。

②七宝：七种宝物，喻精美珍贵。

③却：驱赶，驱除。暄暑：夏天的燥热。

④方便：容易，便利。此处寓指借扇传情达意。

七种宝物画在团扇之上，闪耀着明月的灿烂光芒。赠给郎君驱除炎天暑热，我们相亲相忆莫要相忘。

青青竹林中的青青翠竹，可以用来裁成白色团扇。团扇在郎手中摆动生风，是我托它向郎传情达意。

来而不往非礼也，人情之常尚且如此，何况是人情中的男女之间的爱情？大才子王献之唱起了送给桃叶的情歌，知书达礼且具文采的桃叶，也赠王献之以恋曲，这就是今日我们所见的《答

- 130 -

王团扇歌》。这一清新婉约的恋曲，最早收录在南朝陈代徐陵的《玉台新咏》之中，该书是中国继《诗经》《楚辞》之后的第三部诗歌总集，辑入的是上起两汉下讫六朝梁代的作品。此后唐初欧阳修奉高祖李渊之命主编修撰之官方类书《艺文类聚》，唐人徐坚奉玄宗李隆基之旨修撰的类书《艺文志》，均收录上述作品并认定作者为桃叶，故桃叶为这一恋曲的版权所有人，殆无疑义。

"团扇歌"，又名"团扇郎歌"，乐府曲名。据六朝时陈代沙门智远所编的《古今乐录》记载，该曲起自东晋中书令王珉的恋人谢芳姿之手，而王珉是王献之的堂弟，王献之去世后，他接任王献之的"中书令"（相当于现在的总理，正国级），故世称王献之为"大令"，王珉为"小令"。桃叶作《答王团扇歌》回赠王献之，也许是近水楼台、耳濡目染之故。这两首诗的意象中心是"团扇"，作者托物抒情，咏物致意，以至团扇成了赠者兼咏者桃叶爱情之信物，情爱的寄托和象征。全诗一派天机云锦，一脉民歌风韵，语言明朗浅白而又韵味深长。唐人杜甫《病马》有诗说："物微意不浅，感动一沉吟。"不知王献之接读桃叶回赠之诗有何感受？他的感动之情，沉吟之状，因年太深而月太久，我们现在已经不得而知了。

逝者如斯夫，不舍昼夜。我们可以告慰桃叶的是，秦淮河畔的桃叶古渡一直遗存至今，而她的芳名也为历代传诵。如南宋的英雄诗人辛弃疾，就曾在《祝英台近·晚春》中高吟"宝钗分，桃叶渡，烟柳暗南浦"，还在《念奴娇·西湖和人韵》中低咏"醉中休问，断肠桃叶消息"，时隔千年却一而再地向她致意。

闺意①

◎〔唐〕朱庆馀

洞房昨夜停②红烛，待晓堂前拜舅姑③。

妆罢低声问夫婿："画眉④深浅入时无？"

朱庆馀（797—? ），名可久，越州（今浙江绍兴）人。诗以五律和七绝见长，其绝句清丽隽永，含蓄深婉。

① 闺意：此诗原题"闺意上张水部"，又题"近试上张水部"。张水部即诗人张籍，时任水部员外郎，对朱庆馀颇为赏识。

② 停：置放，此处为"亮着"之意。

③ 舅姑：公婆。

④ 画眉：描画眉毛。古代常以画眉表示夫妻"闺房之乐"。《汉书·张敞传》记载张敞为妻画眉而其事传于长安。

洞房昨夜燃亮红烛的光芒，坐待天明厅堂把公婆拜望。梳妆已完毕低声询问夫君："我画眉的深浅合不合时尚？"

诗人张籍当时官拜水部员外郎，在文学创作与提携后辈方面与当时的韩愈齐名，而朱庆馀赴京参加科举考试，正需前辈扶掖。据《全唐诗话》

记载，张籍"索庆馀新旧篇什，留二十六章，置之怀袖而推赞之。时人以籍重名，皆缮录讽咏，遂登科。庆馀作《闺意》一篇以献"。张籍答诗《酬朱庆馀》说："越女新妆出镜心，自知明艳更沉吟。齐纨未是人间贵，一曲菱歌敌万金。"他还作有《送朱庆馀及第归越》一诗，赞美他"州县知名久，争邀与客同"。千载之下，张籍的爱才之心仍令人怀想感佩。

但好诗并非只有单解，还可义有多解，撇开本事而以爱情诗视此诗，或不明诗之本事而以此为爱情诗，此诗也堪称上选之作。有情节，有对话，有微妙的心理表现，是诗中颇具观赏性的戏剧小品。

浣溪沙

（选一）

◎〔五代〕张泌

晚逐香车入凤城^①，东风斜揭绣帘轻。慢回娇眼笑盈盈。

消息^②未通何计是，便须伴醉且随行。依稀闻道"太狂生"！

张泌（生卒年不详），泌一作佖，字子澄，淮南（今安徽寿县）人。《花间集》称他为"张舍人"，列在牛峤后、毛文锡前。仕南唐，官至内史舍人。擅诗词，所作多七言近体，风格婉丽，时有佳句。

①凤城：都城，京城。
②消息：殷勤之意，爱慕之情。

黄昏时追逐香车从郊外进入都城，斜斜轻揭车上绣帘是多情的东风，她缓缓地回眸一笑如同秋水盈盈。爱慕之情无法表达啊有什么办法？那就装作醉酒姑且一路跟随前行，仿佛听到她的嗔骂："太轻狂了，这个后生！"

这是一首颇具戏剧性的小诗，写男女授受不亲的封建时代，一双有情男女萍水相逢的故事，鲁迅在《二心集》中曾戏称为"唐朝的钉梢"。时间与空间由首句交代，春游之后的黄昏，回程路上的邂逅，人物则是车上的青年女子和车下的青年男子，情节单纯而富于暗示性，有故事而无事故，潜台词十分丰富。可见诗歌也可以隔墙探望戏剧的庭院，借助它的某些长处来光耀自己的门楣，因为文学艺术的各个门类之间，并非相互闭关自守，而是声息相通，可以互相借鉴。

其实，张泌此词的血缘可以上溯到李白的《陌上赠美人》："白马骄行踏落花，垂鞭直拂五云车。美人一笑褰珠箔，遥指红楼是妾家。"在新诗创作中，早在二十世纪四十年代伊始，学者兼诗人吴兴华的《绝句》就曾写道："黄昏陌上的游女尽散向谁家 / 追随到长巷尽处不识的马车 / 一春桃李已被人践踏成泥土 / 独有惜影的红衣掩映在长河。"

南歌子

凤髻金泥带①，龙纹玉掌梳②。走来窗下笑相扶，爱道画眉深浅入时无？

弄笔偎人久，描花试手初。等闲③妨了绣功夫，笑问："鸳鸯两字怎生书④？"

① "凤髻"句：发髻梳成凤凰式，以泥金带子束之。金泥带，即泥金带，以屑金为饰的带子。

② "龙纹"句：玉制掌形之梳，上刻龙纹。

③ 等闲：轻易，随便。

④ 怎生书：怎样写。

〔诵译〕

高高凤髻用金泥丝带束住，插一把龙纹的玉梳在髻上。走到纱窗下夫君笑意盈盈来相扶，她总爱说："眉黛的深浅合不合时尚？"久偎在夫君怀里把玩画笔，试着描绘春日的叶绿花光。她不怕轻易地耽误了刺绣的工夫，只笑着问道："怎么写那两个字——鸳鸯？"

〔心赏〕

明代沈际飞在《草堂诗余别集》中谈到此词的艺术结构，认为是"前段态，后段情"，我要特别指出的是，全诗抒写一对新婚夫妇甜蜜美满的生活，妙在上下两片均以新妇的问话作结。一问引用前人另有寓意的成句，颇具文化意蕴，恰到好处地符合人物的身份教养；另一问是富于象征和暗示的白话，无穷余味，读来令人销魂。

这首词，古代有些头脑冬烘的论者曾指责它"浮艳"，有的人则为作者辩护，认为身为一代儒宗的欧阳修不会写这类艳词，"当是仇人无名子所为"（陈振孙《直斋书录解题》）。其实，歌德说过"世界要是没有爱情，它在我们心中还有什么意义"的名言，海涅也有"没有爱情，就没有生命"的警语，西方直白，东方含蓄，但人心相似，诗心相通。因此，一代文宗欧阳修，除了许多正言谠论的大文之外，当然可以有如此风光旖旎的小调，令读者捧读之余，恍然如赴精神的喜宴，吾友黄维樑博士多年前与陈婕新婚，我就曾请家父、书法家李伏波先生书此词以贺。

鹧鸪天

◎〔宋〕晏幾道

彩袖殷勤捧玉钟^①，当年拚却^②醉颜红。

舞低杨柳楼心月，歌尽桃花扇底风。

从别后，忆相逢，几回魂梦与君同^③？

今宵剩把银钉照^④，犹恐相逢是梦中。

① 彩袖：彩色衣袖，代指女子。玉钟：玉制酒器，酒盏美称。

② 拼（pàn）却：舍弃，不顾惜。李清照《怨王孙·春暮》："多情自是多沾惹，难拼舍。"

③ 同：欢聚。

④ 剩把：尽把，只管把。"把"为握持之意。银釭（gāng）：银制的灯盏，或作灯的美称。

回想当年你殷勤地捧着酒盅劝酒，我为美人不惜一醉方休，两颊飞红。楼头欢舞得明月杨柳枝头沉落，挥动桃花扇唱得扇停挥不再生风。分别以后的日子，回忆我们的初逢，多少回你梦我我梦你啊魂梦相同。今天晚上尽管把那银灯举来照看，我只怕今宵的欢会是在梦魂之中。

"舞低杨柳楼心月，歌尽桃花扇底风"，是词中名句，较之白居易"笙歌归院落，灯火下楼台"（《宴散》）更加情韵深至，历来对此两句解说纷纭，可见味之不尽。结句从杜甫"夜阑更秉烛，相对如梦寐"（《羌村》），司空曙"乍见翻疑梦，相悲各问年"（《云阳馆与韩绅宿别》）化出，更觉曲折婉转，一往情深。然而，波长浪远的江河有它最早的源头，以上所说顶多只能算是中游的波浪，《诗经·唐风·绸缪》篇的"今夕何夕？见此良人。子兮子兮，如此良人何"，才是晏幾道这两句词的江河之源。

晏幾道此词忆昔日情景，抒别后相思，描今宵欢会，其结句虽然有所传承，但仍是他的匠心独造。近代学者陈匪石《宋词举》说得好："'剩把''犹恐'四字，略作转折，一若非灯可证，竟与前梦无异者。笔特夭矫，语特含蓄，其聪明处固非笨人所能梦见，其细腻处亦非粗人所能领会，其蕴藉处更非凡夫所能跂望。"今日有相同或相似生活经历的慧心的读者，读到如斯金句，当会怦然心动而回首当年。

少年游

〔宋〕周邦彦

并刀①如水，吴盐②胜雪，纤手破新橙。锦幄初温，兽烟③不断，相对坐调笙。

低声问：向谁行宿？城上已三更。马滑霜浓，不如休去，直是④少人行。

【作者简介】

周邦彦（1056—1121），字美成，号清真居士，钱塘（今浙江杭州）人。以词名家，婉约派的集大成者和格律派的创始人，对后世影响甚巨。

【注释】

①并刀：唐代并州（今山西太原）制造的刀剪，以锋利闻名。杜甫有"焉得并州快剪刀，剪取吴淞半江水"（《戏题王宰画山水图歌》）之句。

②吴盐：唐肃宗时于两淮煮盐，以洁白闻名，后世称淮盐为吴盐。李白有"吴盐如花皎白雪"（《梁园吟》）之辞。此处是以吴盐来中和橙之酸味。

③兽烟：兽形香炉中透出的香烟。

④直是：真的，真是。

【诵译】

光闪闪的并刀如水，白生生的吴盐胜雪，纤柔的玉手轻轻破开新橙。锦帐绣被已然温暖，兽形香炉香烟飘升，相对而坐的玉人儿吹起箫笙。她低声殷勤询问：你到哪里去借宿啊？你听城楼上已敲响了三更。秋霜浓重马蹄溜滑，不如留在这里不走，外面这时真是很少人夜行。

此词通过人物的语言表现其内心感情，含蓄蕴藉，温柔缠绵，妙不可言，而让读者于言外可想，确是才人手笔，非高手莫办。上阕写夜晚情人之相聚，铺垫了环境之温暖，情调之温馨；下阕写女方之问话，细腻曲折而有丰富的潜台词。本想留宿而明知故问"向谁行宿"，继之说时间已晚，又言道路泥泞，最后说行人断绝，恐怕安全都成了问题，于是结论只能是"不如休去"而留宿于眼下的温柔乡了。婉转温存，今日的读者读来，仍难免心猿意马而生非分之想。

写男女之情而绝不恶俗卑下，绝非今日新诗中所谓之"下半身写作"可比，咏男女之情而含蓄隽永，也与西方诗歌之直露奔放有异。如法国大作家雨果《小夜曲》之开篇即是："黄昏后，当你在我身边柔声歌唱，你可曾听见我的心轻轻跳荡。你的歌声像阳光照耀在我的心上。啊！歌唱，歌唱，我亲爱的，歌唱，永远歌唱。"

减字木兰花

◎〔宋〕李清照

卖花担上，买得一枝春①欲放。泪②染
轻匀，犹带彤霞晓露痕。

怕郎③猜道，奴面不如花面好。云鬓
斜簪④，徒要教郎比并看⑤。

【作者简介】

李清照（1084—约1151），号易安居士，齐州章丘（今山东章丘西北）人。婉约派代表词人之一，其词因时代的变乱而分为前后两期，风格不同，但语言平易清新而内蕴丰厚隽永，被称为"易安体"。她不仅是宋代而且是中国古典文学史上最杰出的女作家。

【注释】

① 春：指花之生机盎然。

② 泪：比喻花上之露珠。

③ 郎：可指女子之丈夫，亦可指所爱之男子。

④ 簪：古人用来固定发髻或连冠于发的长针，后专指妇女插髻之首饰，此处为插戴之意。

⑤ 徒：只，但。比并：对比。

【诵译】

在卖花人挑的担子上，买得一枝鲜花啊含苞欲放。花上染有像泪珠的晨露，还闪动着早霞照耀的光芒。我恐怕郎君揣摩测度，说不如鲜花娇美我的模样。将它斜插在发髻之上，要郎比较花强还是我漂亮。

　　此词可能是李清照初嫁赵明诚时的作品。前人曾说清照"闾巷荒淫之笔，肆意落笔"，这纯系封建卫道士的口吻，不足为训。上片写买花，下片写戴花，人花相比颜值，青春亮丽，情趣横生。虽然仍是将花与女子相比，却出之以抒情女主人公的口吻，直抒胸臆，且是以女子来比花，别是一番笔致与风情。待到国破家亡，沧桑历尽，李清照的笔下就再没有这种燕尔新婚、明媚旖旎的风光了。

　　古代的爱情诗词，多是男性作家的作品，他们常常代女方立言，所谓"男子作闺音"是也。诗坛与文坛，本来几乎是男性的一统天下，女性作家又杰出如李清照者，实在是如同凤毛麟角的一个异数，除了唐代的薛涛，同时代的朱淑真，清代的秋瑾，可谓无人能与其相较。李清照曾被称为"词后""词国女皇帝"，今日无论新旧诗坛的女诗人，恐怕都还只能遥望她的背影。

紫陌风光好，绣阁绮罗香。相将人月圆夜[1]，早庆贺新郎。先自少年心意，为惜殢人[2]娇态，久俟愿成双。此夕于飞[3]乐，共学燕归梁。

索酒子[4]，迎仙客[5]，醉红妆。诉衷情处，些儿好语意难忘。但愿千秋岁里，结取万年欢会，恩爱应天长。行喜长春宅，兰玉[6]满庭芳。

【作者简介】

袁长吉（生卒年不详），字叔巽，晚号委顺翁，崇安（今福建崇安市）人。南宋嘉定十三年（1220）进士。有《鸡肋集》，秩满归隐武夷山。

【注释】

① "相将"句：相将犹言"相共"。人月圆夜：正月十五元宵节夜。

② 娣（tì）人：娇柔之人。

③ 于飞：《诗经·邶风·燕燕》有句云："燕燕于飞，差池其羽。"此处以双燕比翼齐飞，喻新婚美满幸福。

④ 索酒子：主持婚礼者。

⑤ 仙客：新郎。事见南朝宋刘义庆《幽明录》。

⑥ 兰玉：芝兰玉树。典出刘义庆《世说新语·言语》。

【诵译】

京城的大道上风光美好，新娘的闺阁中绮罗飘香。和宾客们一道在元宵节夜，去庆贺举行婚礼的新郎。新郎年少时满怀柔情蜜意，怜爱新娘未嫁时娇姿媚态，久久等待渴望作对成双。今夜有比翼齐飞的欢乐，如双燕入香巢栖于画梁。婚礼主持人呼唤新人喝交杯酒，迎新郎，醉新娘。洞房里他们互诉衷曲，那些山盟海誓绵绵情意永难忘。祝愿他们夫妻恩爱，千秋万岁，地久天长。还祝愿他们家啊春风长在多生贵子，像芝兰玉树那样的香花名木满院芬芳。

集句是中国特具的文化现象，也是中国诗歌的独门秘籍与独特体裁。前人有"集句诗""集句词""集句散曲""集句文"及"集句联"，即将他人诗词文章中的成句集成一首或一篇新的作品。另也有"檃（yǐn）栝词"（"檃栝"为文体改写之意），那是将他人的诗文改写压缩为词。此词为"集曲名"，即通篇由十九个词牌拼集而成，依次是"风光好""绮罗香""人月圆""贺新郎""少年心""殢人娇""愿成双""于飞乐""燕归梁""索酒""迎仙客""醉红妆""诉衷情""意难忘""千秋岁""万年欢""应天长""长春""满庭芳"，真是慧心独运，别具一格。衣装中佛教有所谓"百衲衣"，壮族民歌有当代诗人韦其麟整理的"百鸟衣"，集词牌之名为词，颇见匠心和创造，是否能以之为喻呢？

今日之众多婚礼上，主持人或贺客油腔滑调者有之，话中带黄者有之，庸俗低下者有之，如衰长吉这样的具有高文化品位的贺辞，恐怕此曲只应古代有，今朝能得几回闻，已经几近绝版了。

【中吕】

红绣鞋

◎〔元〕贯云石

挨着靠着云窗同坐，偎着抱着月枕[①]双歌。听着数着愁着怕着[②]早四更过。四更过，情未足，情未足，夜如梭。天哪！更闰[③]一更妨甚么！

贯云石（1286—1324），号酸斋，又号芦花道人。维吾尔族，原名小云石海涯。后人合辑他与徐再思（号甜斋）的散曲为《酸甜乐府》。

① 月枕：月光照耀之枕。或指月牙形的枕头。
② 听着数着愁着怕着：听谯鼓，数更声，愁天亮，怕欢娱不长。
③ 闰：延长，余数。

相依相靠在纱窗下望着流云同坐，相偎相抱月光照耀枕上唱着情歌。听谯鼓数更声愁天明怕四更欢娱不长如飞而过。四更如飞过，欢情尚未已，欢情尚未已，良夜快如梭。老天爷啊，年月日都有闰你延长一更算什么！

时间有"物理时间"和"心理时间"，唐人李益《同崔邠登鹳雀楼》诗所谓"事去千年犹恨速，愁来一日即为长"，苏轼《春夜》诗说"春宵一刻值千金，花有清香月有阴"，就均是指后者。此曲写一对恋人良宵苦短，时间与心理的对应描写颇为真切动人。不是吗？和不喜欢的人在一起，哪怕是片刻也会"度日如年"，而和良友在一堂，一天也恍如转瞬，何况是热恋中的情人呢，那当然是白居易在《长恨歌》中所说的"春宵苦短"了。

这支曲的主人公是热恋中的一对男女，他们的心理焦点是害怕时间飞逝，希望留住如胶似漆的美景良辰，这是普天下沉于爱河的人都具有的普遍心理。如果从诗歌史寻流溯源，则可以追溯到《诗经·郑风》中的《女曰鸡鸣》："女曰鸡鸣，士曰昧旦。"欢会或新婚中的女子说鸡已报晓，男子却推说还没有天亮，这不正是"情未足，夜如梭。天哪！更闰一更妨甚么"的先声吗？

赋得对镜，赠汪琨随新婚

◎〔清〕吴嘉纪

洞房深处绝氛埃①，一朵芙蓉冉冉②开。

顾盼忽惊成并蒂③，郎君背后觑侬来④。

吴嘉纪（1618—1684），字宾贤，号野人，泰州（今属江苏）人。平生清苦，终生布衣，自名居所"陋轩"，诗多反映民生疾苦，著有《陋轩诗》。

① 氛埃：尘埃。

② 冉冉：慢慢地，渐进之貌。

③ 并蒂：同一枝条上两朵并头而开的花。

④ 觑（qù）：偷看，窥看，细看。侬：我，吴地方言。

新婚夫妇的深深卧室隔绝尘埃，对镜梳妆如一朵荷花含苞初开。顾盼中忽然惊奇为何花开两朵，原是郎君悄悄从背后瞧我而来。

诗创作讲究时空的跳跃或飞跃，其意象的组合与电影中的"蒙太奇"镜头有相似之处。此诗四句，三个镜头，首写洞房，次以芙蓉喻新娘，第三句的并蒂花为大特写，读来历历如见，喜气洋洋。汪琨随生平不详，应是吴嘉纪的友人，三百多年过去了，诗人所咏的那一对新婚伉俪，早已化为尘泥，再也无可寻觅，但吴嘉纪为他们写的这首诗却长留天地之间，如同开不败的花朵。

还应该特别拈出的是，贺新婚之诗很容易流于俗套，如花好月圆、早生贵子之类，但此诗的作者却从"对镜"这一特定的角度落笔，定格于新郎新娘的镜中俪影。摄影术迟至 1839 年才在欧洲发明，之后才传入中国，作者吴嘉纪生平清苦，但苦中作乐的他却以出彩的诗笔为他们立此存照，有如此贺诗，新郎新娘当更加喜上眉梢了。

赠外

◎〔清〕林佩环

爱君笔底有烟霞，自拔金钗付酒家①。

修到人间才子妇②，不辞清瘦似梅花。

林佩环（生卒年不详），清代诗人张问陶（1764—1814）之妻。张问陶系四川遂宁人，幼年聪慧，过目成诵，乾隆五十五年（1790）进士，诗、书、画皆负盛名，为清代诗风近似袁枚的"性灵派"诗人。

① "自拔金钗"句：元稹《遣悲怀》有"泥他沽酒拔金钗"句，金钗换酒表示夫妇贫寒而和谐相得。

② 修到人间才子妇：从宋代诗人谢枋得《武夷山中》的"几生修得到梅花"句意化出。

我喜爱你生花的彩笔飞舞烟霞，我为你换酒拔下金钗付给酒家。今生有幸修成人间才子的妻室，我不辞清瘦即使像亭亭的梅花。

张问陶的确无愧其夫人对他的赞誉，"才子"之名绝非浪得。他的《醉后口占》是："锦衣玉带雪中眠，醉后诗魂欲上天。十二万年无此乐，大呼前辈李青莲。"他的《阳湖道中》曰："风回五两月逢三，双桨平拖水蔚蓝。百分桃花千分柳，冶红妖翠画江南。"张问陶伉俪情深，其《七夕忆内》有"人间风露遥相忆，天上星河共此情"之句，而林诗一出，即传唱人口。西谚云："据说女人爱男人可以有六十七种不同的爱法。"爱己之所爱，操心操劳而自己形容瘦损如清瘦的梅花，这种东方之爱，大约是在西方的所有爱法之外。林佩环有张问陶这样的夫婿，她认为是福慧双修了，张问陶也该以自己有如此之佳偶而不虚此生吧？

在现代诗人中，郁达夫当然也是不可多得的才子，但他的婚姻却颇为不幸。1921年他从日本留学回国，因父母的包办婚姻与孙荃结婚生子。其后认识王映霞，即与孙荃离异而和王结婚。他1927年作《寄映霞两首》，第一首是："朝来风色暗高楼，偕隐名山誓白头。好事只愁天妒我，为君先买五湖舟。"据其日记记载，"她已誓说爱我，之死靡他"。不意十年之后，喜剧又成了离婚的悲剧，有郁达夫《毁家诗纪》二十首为证，悲夫！

新婚词

（选二）

乍时①相见已相亲，斜面窥郎起坐频②。

烛影摇红人静后，含羞犹自不回身。

绣囊兰屑③袭人香，浅浅眉痕淡淡妆。

尽日输情浑不语④，依郎肩坐读西厢⑤。

【作者简介】

　　完颜守典（约1867—1893），字孟常，满洲旗人，祖籍辽沈，有《逸园集》。

【注释】

① 乍时：短暂，急促之时。

② 频：屡次，连续不断。

③ 绣囊兰屑：装着兰花屑的绣花香袋。

④ 输：本为运送、运输，此处为传情之意。浑：全，满。

⑤ 西厢：即《西厢记》，王实甫写张生与崔莺莺的爱情故事。

【诵译】

　　虽是刚刚相见却已经心意相亲，她斜着面庞偷看郎君起坐频仍。红烛摇曳清光在人声寂静之后，低眉含羞的她还不肯回转腰身。

　　绣花袋中兰花屑散发袭人清香，她眉痕画得浅浅穿着淡雅衣裳。整天脉脉含情啊却总是不说话，同读《西厢记》依依靠着郎君肩旁。

【心赏】

　　完颜守典这组诗为《新婚词》，共四首，此处所选系第一首与第三首。这两首诗以新婚为中心，第一首写洞房花烛之夜，第二首写燕尔新婚之后，主要人物是新娘以及她的神态和心理，但视角却是新郎的眼光与感受。诗作含蓄有致而又引人遐想，曲尽其情而又不落俗套，风光旖旎而又雅致高华，撩人绮思而不是助人邪念，这就是"美"。法国大作家雨果说过："爱情，这是良宵的赞歌；爱情，这是曙光的呼声。"他还说过："人生是花，而爱便是花蜜。"爱情与新婚这种题材，一入今日某些小说作者与编剧、导演之手，早就被糟蹋得不堪入目了。

此诗中写到新婚夫妻并肩而坐同读《西厢记》，可以引起读者许多联想。曹雪芹在《红楼梦》第二十三回中，也写了贾宝玉和林黛玉同读《西厢记》的情节。贾、林读时是神秘而兴奋的，有犯禁的羞涩和忐忑，此诗中的新婚夫妇读时是默契而兴奋的，有过来人的甜蜜。新时代的读者，读来则应另有一番滋味在心头。

离情篇

此情可待成追忆

垓下歌[1]

〔秦〕项羽

力拔山兮气盖世，时不利兮骓[2]不逝。

骓不逝兮可奈何？虞兮[3]虞兮奈若[4]何！

【作者简介】

　　项羽（前232—前202），名籍，字羽，下相（今江苏宿迁市西南）人。出身楚国贵族，公元前209年从叔父项梁起义反秦。秦亡，自立为西楚霸王。在楚汉战争中最后败退垓下，突围至乌江（今安徽和县东北），自云无面见江东父老而自刭，时年三十岁。

【注释】

①垓（gāi）：今安徽灵璧县东南，秦汉之际刘邦、项羽决战于此。

②骓（zhuī）：毛色青白相杂之马。项羽常乘之骏马名"乌骓"，应为黑毛即黑色之马。

③兮：语气助词，即现代汉语中之"啊"。

④若：可作二解，一为何若，若之何，即无可奈何；二为尔、汝。此处当为人称代词，指你，意为虞姬你怎么办啊。

【诵译】

　　力大可拔山啊豪气可盖世，时势不利啊骏马也不疾驰。骏马不能疾驰啊无可奈何，虞姬啊虞姬啊你怎么办啊？！

项羽的《垓下歌》，是一位末路英雄的悲怆绝唱。这是一曲名副其实的"绝唱"，苍苍凉凉，它歌唱在英雄的生命的终点，朝朝代代，两千多年来它叩响了无数读者的心弦。

公元前202年即汉高祖五年，与项羽争霸天下达五年之久的刘邦，将已兵少食尽的项羽围困在垓下，即今日安徽省灵璧南沱河北岸。视死如归的项羽在率八百骑突围之前，面对跟随他多年的爱妾虞姬，唱出了这一生死离别的壮曲与哀歌。司马迁在《史记·项羽本纪》所追记的现场情景："项王乃悲歌慷慨，自为诗曰……歌数阕，美人和之。项王泣数行下，左右皆泣，莫能仰视。"男儿有泪不轻弹，只因未到伤心处，何况是项羽这样的盖世英雄？何况项羽曾经叱咤风云而今已穷途末路？更何况连自己心爱的弱女子都已无法保护？败亡在即虞姬落入敌手将何以自处？他内心的不服、伤感与无以名状的凄凉，如沉雷，如闪电，如呜咽的潮水，汇成了这一传唱千秋的悲怆奏鸣曲。

刘邦最终获胜位登大宝七年之后，平叛回乡作有《大风歌》："大风起兮云飞扬，威加海内兮归故乡。安得猛士兮守四方！"此诗写得充满豪情胜慨，但人们欣赏的还是项羽的末路之歌，因为芸芸众生的普遍心理虽然畏惧胜利的强权，却倾向于值得同情的弱者。同时，项羽出身贵族，他有贵族的高傲磊落和道德底线，他的缺点失误与最终失败也与此有关。而刘邦则是不事产业嗜好酒色的流氓无赖，真个是"我是流氓我怕谁"，阴险狡诈，为达目的不择手段。例如，当年在被项羽追击的过程中，为了提高车行速度保全一己性命，可以几次将自己的亲生儿女推下车去，而项羽将其父作为人质扬言不投降则剁为肉酱时，他却嬉皮笑脸，竟说我们是结拜兄弟，我父即你父，请分我一杯羹。且不说胜利后功臣被其屠戮殆尽，就是在写《大风歌》时，为他打天下的韩信、彭越即已早被诛杀。因此，即使是汉朝的太史令司马迁，在《项羽本纪》中对项羽也多有同情与赞赏，而在《高祖本纪》中，则对开国之君刘邦却不乏揭露与讽刺。

《垓下歌》是英雄的落幕之歌，首句仍然豪气逼人，其英雄形象仍令人不敢逼视，次句则徒转逆降，两个"不"字形容"时"与"骓"，足见英雄末路。第三句以后世所谓"顶针"的修辞格，突出随他征战多年的名骓，重言复唱第二句所咏之"骓不逝"，最终无可奈何地连呼虞姬之名，天地同悲，英雄泪下。读者千载之下为之怆然的同时，也要感谢司马迁为后世记录了项羽这一绝无仅有的诗作：英雄的哀曲，永恒的恋歌！

和①《垓下歌》

◎ 〔秦〕虞姬

汉兵已略②地，四面楚歌声。

大王意气③尽，贱妾何聊生！

① 和（hè）：唱和，和答。

② 略：侵略，强取，占领。

③ 意气：精神神色，气概志向，此处指精神气概。

汉军已经占领了大楚之地，四面包围响起了楚歌之声。大王啊你的豪气损消已尽，妾身我啊怎么会苟且偷生！

项羽的《垓下歌》载于《史记·项羽本纪》，继见于《汉书·项籍传》，并收入《乐府诗集·琴曲歌辞》，题为《力拔山操》，史迹班班可考。而虞姬的《和〈垓下歌〉》司马迁却未加记载。直至清代，女诗人吴永和的《虞姬》一诗还有疑而问："大王真英雄，姬亦奇女子。惜哉太史公，不纪美人死。"而同为清代人的学者兼诗人沈德潜的解释："虞姬之死，史笔无暇及此。"西汉的陆贾，是刘邦的谋臣，官至大中大夫，其著作《楚汉春秋》曾记载虞姬此歌，复为唐人张守节的《史记·项羽本纪正义》所援引，张著还引唐代的《括地志》云："虞姬墓在濠州定远东六十里。"虞姬的同样是千古绝唱的歌声，这才得以余音袅袅不绝如缕而传扬后世。

虞姬，是西楚霸王项羽宠爱的侍妾。一说虞为姓，一说虞为名。"姬"意为妾，亦为女子的美称。她的出生地亦有三说：江苏沭阳颜集镇虞溪村，常熟虞山下之虞溪村，绍兴漓渚镇塔台村。她的颜值当然风华绝代，其才艺也迥出群流，有戎马倥偬、生离死别时的这一现场合唱为证。英雄美人，美人英雄，她和项羽也真是绝配了。她跟随项羽多年，一直到双方生命的终点，可见他们感情的真挚而持久，而项羽既不能携她突围，又担心她被俘受辱，而她则既不想拖累项羽，也不想屈膝偷生，故以和歌明志，伏剑自尽，让凛凛的青锋书写这一悲凉而壮烈的绝唱，此亦可见她用情之坚贞不渝。

虞姬之墓，在今安徽灵璧县东十五里，今江苏泗洪县西阴陵山北亦有其墓，历代馨香不绝，题咏颇多。此处略举数例，如苏轼《虞姬墓》："帐下佳人拭泪痕，门前壮士气如云（指突围的麾下壮士骑从者八百余人）。仓黄不负君王意，只有虞姬与郑君（指项羽部将郑荣，被俘不屈）。"如明人朱妙端《虞姬》："力尽重瞳霸气消，楚歌声里恨迢迢。贞魂化作原头草，不逐东风入汉郊。"（虞姬墓地之草为红色，传说为其忠魂所化，名虞美人草。）如曹雪芹在《红楼梦》中所作"五美吟"之《虞姬》："肠断乌骓夜啸风，虞兮幽恨对重瞳。黥（qíng）彭［指原项羽部将黥布和彭越，投降刘邦而建大功，后均遭剁成肉酱之醢（hǎi）刑］甘受他年醢，饮剑何如楚帐中？"再如清代未知芳名的女子许氏所作之《虞美人花》："君王意气尽江东，贱妾何堪入汉宫？碧血化为江畔草，花开更比杜鹃红！"历代众多有关诗作，都是虞姬《和〈垓下歌〉》的隔代回音，也是祭奠于她墓前的不绝花环。

饮马长城窟行

◎〔汉〕乐府

青青河畔草，绵绵①思远道。

远道不可思，宿昔②梦见之。

梦见在我傍，忽觉在他乡。

他乡各异县，展转③不相见。

枯桑知天风，海水知天寒。

入门各自媚④，谁肯相为言⑤!

客从远方来，遗我双鲤鱼⑥。

呼儿烹鲤鱼，中有尺素书⑦。

长跪⑧读素书，书中竟何如：

上言加餐食，下言长相忆。

① 绵绵：细密不断，一语双关"思"与"草"。

② 宿昔："昔"与"夕"通，宿昔即昨夜。

③ 展转：意同"辗转"，不定之貌。

④ 各自媚：只顾各自的欢爱。

⑤ 言：问讯，慰安。

⑥ 遗（wèi）：送。双鲤鱼：装书信的木匣，一底一盖两块木板刻成鱼形。

⑦ 尺素书：素乃生绢，尺素即一尺长左右的古人常于其上写字的书简。

⑧ 长跪：古人席地而坐，坐姿是两膝着地，臀部压于脚之后跟。长跪即伸直腰身而跪。

　　绿油油是那河边青青草，细又长怀念亲人在远道。道路遥远思念而不能见，只在昨夜梦中会了一面。本来梦见他在我的身旁，忽然醒来征人仍在他乡。漂泊他乡都是陌生州县，辗转不定更加难以见面。桑树叶落仍然知道天风，海水不冰仍然知道天寒，他人在家各爱自己所爱，谁肯前来安慰我的孤单。忽有位客人从远方到来，他送我一双可爱的鲤鱼。忙叫儿把鱼形木板分开，里面有一封亲人的手书。我伸直腰身细读那手书，看看信中写的究竟如何：前面说加餐饭保重身体，后面说天长路远常相忆。

【心赏】

《饮马长城窟行》又称《饮马行》，属乐府相和歌瑟调曲，本辞已不存。此诗以长城戍卒为题写思妇之情，启发了后代许多诗人的灵感，曹丕、陈琳等诗人就有同题拟作，唐代诗人更有不少远承此诗余绪的篇章。此诗写思妇绵绵相思的闺情，对丈夫音讯杳然的怨情，生离死别不得相见的悲情，层次分明，意多转折。前八句两句一韵，并运用顶针句法，声义相谐，蝉联不断。结尾别开一境，余味无穷，正如古典诗论所说"一篇之妙在于落句"。

此诗的起句也是名句，"青青河畔草，绵绵思远道"，既是即景起兴，又是一语双关。汉代无名氏《古诗十九首》中就有题为《青青河畔草》诗，开篇之句为"青青河畔草，郁郁园中柳"。二十世纪四十年代有一部爱情电影即以《青青河边草》为名，其主题歌有句："青青河边草，相逢恨不早。莫为浮萍聚，愿做比翼鸟。"这一主题歌中歌咏的河边青草，正是汉代民歌中青青河畔草的遥远后裔。

古代未发明纸张时用绢帛书写信件，通常长约一尺，故"尺素"是书信的代称，又因为要便于保存和传递，书信就置于刻了鱼形的信匣中。北宋词人秦观的名作《踏莎行·柳州旅舍》，一开始便运用了两个典故："驿寄梅花，鱼传尺素，砌成此恨无重数"，前者出自陆凯《赠范晔》："折花逢驿使，寄与陇头人。江南无所有，聊赠一枝春。"后者"鱼传尺素"这一典故，就出自此诗。

迢迢牵牛星①

◎〔汉〕古诗

迢迢牵牛星，皎皎河汉女②。

纤纤擢③素手，札札弄机杼④。

终日不成章⑤，泣涕零如雨。

河汉⑥清且浅，相去复几许？

盈盈一水间，脉脉不得语。

①迢迢（tiáo）：路途遥远之意。牵牛星：天鹰星座主星，俗名牛郎星，在银河南面。此处指牛郎。

②皎皎：星光明亮之貌。河汉女：指织女星，为天琴星座主星，在银河北面。此处指织女。

③擢（zhuó）：举，此处指织布时手的摆动。

④杼（zhù）：织布之梭。

⑤章：布帛纹理，此处指织不成布。

⑥河汉：银河。

路途遥远牵牛星、织女星，星光闪耀是牛郎与织女。细长白皙的手指在摆动，札札之声是她操作机杼。织了一天竟没有织成布，涕泗交流啊脸上泪如雨。那银河清清河水也浅浅，两星间相距究竟是几许？只隔着一条清浅的河流，含情而望啊却不能相语。

此诗为《古诗十九首》中的第九首。在中国古典诗歌中，织女与牛郎的最早出场亮相，是在《诗经·小雅·大东》篇中："跂彼织女，终日七襄。虽则七襄，不成报章。睆（huàn）彼牵牛，不以服箱。"在遥远的汉代，就已流传牛郎、织女的完整的神话传说。《古诗十九首》中的这一作品，是以牛郎、织女为题材的最早也是最出色的篇章。它感情真挚，想象丰富，语言清丽，连用六个叠词，如同《青青河畔草》一样，都是在十句诗中六句叠字而加强了全诗的音乐之美，启迪了后代无数诗人的诗情绮思。

这首最早最美的歌咏牛郎、织女的诗，应该说是同类题材诗作的开山之祖，之后的有关诗作，都是它的有密切血缘关系的绵绵后裔，如杜牧《秋夕》的"天阶夜色凉如水，坐看牵牛织女星"，如秦观《鹊桥仙》的"纤云弄巧，飞星传恨"等。在新诗创作中，郭沫若《天上的街市》遥承了它的余绪，台湾名诗人郑愁予的《雨丝》也远绍了它的一脉心香，它们均为新诗名作，读者何妨寻来一读？

◎ 〔汉〕刘彻

李夫人①歌

是邪②？非邪？

立而望之，偏③何姗姗④其来迟？！

【作者简介】

刘彻（前156—前87），汉景帝刘启第三子，史载其雄才大略，卒后葬茂林（今陕西兴平市东北），谥号武帝。他酷爱《楚辞》，作赋多类楚声，传世诗共四首。

【注释】

① 李夫人：汉代宫廷乐工李延年之妹，汉武帝纳之。古代以"夫人"称帝王之妾。

② 邪（yé）：表疑问语气词。

③ 偏：偏偏，出乎寻常或意料。又说此处"偏"为"翩"的通假字，即通借、假借之字，意为摇曳飞扬之貌。

④ 姗姗：形容女子走路舒缓轻盈。

【诵译】

是她吗？或不是她？让我久久伫立张望，为何她步履翩翩却迟迟不来我身旁？！

【心赏】

这是贵为帝王之刘彻所写的一首情真意切的恋歌，也是一首缠绵悱恻的哀歌。

作者刘彻即汉武帝，在位长达五十四年。此君加强中央集权，热衷开疆拓土，使西汉臻于鼎盛，史书誉为雄才大略，但我却只欣赏他雅好文学，写有一些可读之诗赋，远胜其祖不学无文、流氓无赖之刘邦。明代文学家徐祯卿的诗话《谈艺录》，称誉其诗作"壮丽宏奇"，其中就包括《李夫人歌》，而明代另一文学家王世贞在《艺苑卮言》中，则认为其赋作成就在"长卿（司马相如）下，子云（扬雄）上"，虽不无道理，但恐均难免吹捧帝王之嫌。

据《史记·佞幸列传》记载，李延年是西汉中山（今河北定州一带）人，"父母及身，兄弟及女，皆故倡也"，其职业与家庭出身均为低贱的倡优，他本人因故受过司马迁一样的腐刑，并被罚作狗监。李延年精通音律，能歌善舞，应该是跌入人生最低谷而希冀触底反弹吧，他作了并为汉武帝唱了一首歌，题为《北国有佳人》而传诵至今："北方有佳人，绝世而独立。一顾倾人城，再顾倾人国。宁不知倾城与倾国，佳人难再得！"这位绝代佳人，其实就是他的妹妹，好色而喜文的汉武帝大惊，世上竟有斯人？其同母姐姐平阳公主为讨好皇兄遂告知真相，遂宠幸而为夫人，李延年一家鸡犬升天，他也火箭般地飙升，从微贱之狗监而为协律都尉，掌二千石印绶，这一承旨谱曲的官位，乃汉武帝为其量身定制。

佳人薄命，李夫人生子为昌邑王后不幸早逝，汉武帝思念无已。有齐人方士名少翁者，为武帝作招魂之术：宫中灯烛高烧，设薄纱帷帐两方，武帝在一方观看而不得近前，俄而一似李夫人的女子飘然而来进入对面帐中，少顷又轻盈从容地走出帐外，倏忽不见。如真如幻，汉武帝惆怅莫名，在恍兮惚兮中写下了这首《李夫人歌》，传诵当时与后世。前辈学者郑文《汉诗选笺》评论说："短短数语，将扮演者之动态与自己之急切心情描出，何令人神往乃尔！"可谓确评。

李延年为我们留下了"倾国倾城"的成语，今人的习用语"是邪非邪""姗姗来迟"，也是汉武帝这一诗作的文化贡献。他七年后的另一名作《秋风辞》，开篇即是"秋风起兮白云飞，草木黄落兮雁南归。兰有秀兮菊有芳，怀佳人兮不能忘"，诗中的"佳人"，也许有他念念未能忘情的李夫人吧！

定情联句

◎〔三国〕贾充　李婉

室中是阿谁？叹息声正悲。（贾）

叹息亦何为？但恐大义①亏。（李）

大义同胶漆，匪石心不移②。（贾）

人谁不虑终，日月有合离。（李）

我心子所达，子心我所知。（贾）

若能不食言，与君同所宜③。（李）

贾充（217—282），字公间，平阳襄陵（今山西临汾市东南）人，曹魏至西晋时大臣。曹魏豫州刺史贾逵之子，西晋王朝之开国元勋。

李婉：约景元年间在世。字淑文，曹魏中书令李丰之女，亦为曹魏时才女，因父罪坐徙乐浪郡（今朝鲜境内）。

① 大义：正义的道理或文章言论的要旨，此处指婚姻中的夫妇之义。

② 匪石心不移：意为坚贞不变，非石可以移动。《诗经·邶风·柏舟》："我心匪石，不可转也。我心匪席，不可卷也。"匪：不是，并非。

③ 所宜：适宜，妥当。

是谁独自坐守在空房？唯闻叹息声声好悲伤？（贾）

叹息声声为的是什么？只恐夫妻情谊已消磨。（李）

夫妻之义如胶又如漆，我心不像石头可移易。（贾）

世人谁不考虑真和假，太阳月亮有合也有离。（李）

我的心意已向你表白，你的心思我也已知悉。（贾）

你要是言出行随心口如一，我和你还是当初情共天地。（李）

这首《定情联句》的背后，有一个已经历史深深深几许的悲欢离合的故事，且让我根据《晋书·贾充传》，对读者作简略的说明与交代。贾充初娶曹魏中书令李丰之女名李婉，李氏既有颜值也有才情，育有二女。李丰因故被诛，李氏因牵连而遭流放。贾复娶阳城太守郭配之女郭槐。后李婉遇赦得还，上述联句，是李氏归来他们夫妻久别重逢时的一场诗的对话。

贾充当时的口碑不佳，见之史书的也是一个反派角色，因为他虽为曹魏大臣，却为了投靠弄权坐大的司马昭，而参与杀害魏帝曹髦（máo）的弑君之举。然而，公义有亏，私情还表现不错，他在前妻面前信誓旦旦，应该还是旧情犹在良心未泯的真实表白。可是，郭槐却是天字第一号的醋瓮与悍妇，加之其女贾南风嫁给皇太子司马衷（即晋惠帝）做正妃，于是更为有恃无恐。她无端怀疑贾充对哺育自己儿子的乳娘有意，便将乳娘杀害而竟致小儿夭折。对李氏的正名与复位，当然更是强烈地反对。贾充畏惧，只得于永年里另筑别宅安置李婉，但凡贾充不是因上朝外出，郭槐必派人跟踪有如今日之私家侦探。如此如此，贵为两朝元老的贾充，也终于只得对原配夫人李婉"食言"而不复往来了。

　　贾充与李婉合作的这首诗称为"联句"。联句这种诗体，是中国古典诗歌园地里百花中旁逸斜出的一枝。它始见于汉武帝时的《柏梁台诗》，后遂演变为一种诗式，由两人或多人联句成篇，一人或一句或两句或两句以上，贾充与李婉运用的，就是一人两句一韵的依次相继的方式。时至唐代，韩愈与孟郊之《城南联句》竟多达一百五十三韵，一千五百零三字。读者诸君如读到《红楼梦》第五十回"芦雪庵争联即景诗，暖香坞雅制春灯谜"，就可见到凤姐、湘云、香菱等十余人在进行联句的诗文化活动，美女加美联，也许更会要目不暇接而眼花缭乱了。

赋得自君之出矣

◎〔唐〕张九龄

自君之出矣，不复理残机①。

思君如满月②，夜夜减清辉。

张九龄（678—740），字子寿，一名博物，韶州曲江（今广东韶关市西南）人，诗人、政治家。工诗能文，名重当时，为唐代开元时期最后一位贤相，乃继张说之后的文坛领袖，其五言诗如《感遇十二首》《望月怀远》等，在唐诗史上有承前启后之功。

① 不复：不再。残机：留有残丝尚未织完的织布机。
② 满月：圆月，每月农历十五的月亮。

自从郎君啊你出门去到远地，布虽未织完我再也无心操理。思君念君我如同十五的圆月，逐夜逐夜消减它明亮的清辉。

诗题冠以"赋得"，是因为《自君之出矣》乃古乐府杂曲歌辞之名，自魏晋以来，以此作为诗题的五言古诗层见叠出，张九龄此作沿袭旧题，故名"赋得"。在他之前，汉末的徐幹首先说："自君之出矣，明镜暗不治。思君如流水，何有穷已时"（《室思》），由此《自君之出矣》成为乐府旧题，魏晋六朝中拟作者即已众多，如此等等，不一而足。但张九龄之作却后来居上。明代钟惺、谭元春《唐诗归》评论说:"此诗古今作者甚多,毕竟此诗第一。"

"自君之出矣"是乐府古题,同一个闺妇思夫的主题,不同的诗人可以作不同的艺术表现,有如同一支乐曲,可以用相异的乐器来演奏。此诗的主人公将自己比为逐夜瘦损容光的圆月,极见作者的灵心慧想,如果没有这样精彩的表现,全诗也就会如同无月的夜空而黯然失色了。清人李锳在《诗法易简录》中说得好:"题本六朝,而特出巧思,亦得《子夜》诸曲之妙。若直言稍减容光,便平直少味,借满月以写之,新颖绝伦,其思路之巧,全在一'满'字。"

张九龄流传至今的名作除此首诗外,还有"海上生明月,天涯共此时"的《望月怀远》,有"欣欣此生意,自尔为佳节"的《感遇十二首》。犹记2010年端午我陪同台湾名诗人余光中赴秭归祭屈,途中宜昌《江声报》举行欢迎余诗人之座谈会,有记者问他:"温家宝总理在美国演讲,提到您的《乡愁》一诗,您感想如何?"这本是近似于记者招待会或新闻发布会上的一道难题,但余光中稍一沉吟即从容答道:"草木有本心,何求美人折?"如此即兴妙对,张九龄倘若有知,也该当抚髯一笑吧?

菩萨蛮

◎〔唐〕李白

　　平林漠漠烟如织，寒山一带伤心碧[①]。暝色入高楼，有人楼上愁。

　　玉阶空伫立[②]，宿鸟归飞急。何处是归程，长亭更短亭[③]。

作者简介

李白（701—762），字太白，号青莲居士，自称祖籍陇西成纪（今甘肃静宁西南）飞将军李广之后。其先代于隋末流徙西域，故他生于唐安西都护府所属之碎叶城（今吉尔吉斯斯坦境内之托克马克城附近），五岁时随父李客迁居绵州昌隆（今四川江油）青莲乡。他与屈原、杜甫并列，是唐代乃至中国诗史最伟大的诗人。

注释

① 一带：远山连绵如带。伤心碧：极言寒山之青绿，同时也指寒山染上离人的伤感之情。

② 伫立：久久地站立。

③ 长亭更短亭：庾信《哀江南赋》："十里五里，长亭短亭。"更：有层出不穷之意。亭：古代设立于路旁供行人休息的亭舍。

诵译

平野的林木雾锁烟笼广漠迷蒙，寒凉的青山如带绿得令人伤情。暮色啊渐渐地融入高楼，楼上有人因怀人而忧愁。她在玉阶之前久久站立，回巢之鸟飞得多么迅疾。哪里是游子回家的路程，绵绵长亭连接绵绵短亭。

此词为"百代词曲之祖",从宋代黄昇《花庵词选》到近代国学大师王国维都是如此论断。抒发游子思妇之情,全篇运用"从对面写来"的艺术手法,而以"归程"二字一线贯穿,只觉情景相融,含蓄深远,给予读者无尽的"审美期待"。

有学力、有才华的诗人,总是既继承前人的诗学资源,又做出自己的新创造。李白就是如此。宋人宋长白《柳亭诗话》就记载说:"李白作《长相思》乐府一章,末云:'不信妾肠断,归来看取明镜前。'其妻从旁观之曰:'君不闻武后诗乎?不信比来常下泪,开箱验取石榴裙。'李白爽然自失。"(武则天《如意娘》诗前两句为:"看朱成碧思纷纷,憔悴支离为忆君。")"长亭""短亭"本为古代词语,今天似已无生命力,但台湾诗人余光中《欢呼哈雷》开篇却说:"星际的远客,太空的浪子 / 一回头人间已经是七十六年后 / 半壁青穹是怎样的风景 / 光年是长亭或是短亭。"此处"长亭"或"短亭"的现代妙用,可谓是"复活"式的化腐朽为神奇。

月夜

◎〔唐〕杜甫

今夜鄜州①月，闺中只独看②。

遥怜小儿女，未解③忆长安。

香雾④云鬟湿，清辉玉臂寒。

何时倚虚幌⑤，双照泪痕干？

杜甫（712—770），字子美，自称少陵野老，祖籍襄阳（今湖北襄樊市襄州区），后迁居河南巩县（今河南巩义西南）。是中国诗史上与屈原、李白并高的三位最伟大的诗人之一。

① 鄜（fū）州：今陕西省富县。

② 看（kān）：此处读平声。

③ 解：理解，懂得。

④ 香雾：雾本无香，从鬓发中的膏沐生出。

⑤ 虚幌（huǎng）：薄帷在月光中有空明之感。

今天晚上鄜州的一轮夜月，只有妻子一个人闺中独看。我遥怜不解人事的小儿女，还不懂惦念父亲流落长安。染香的雾濡湿妻子的鬓发，月光久照她的玉臂而凉寒。何时才能团聚而靠着帷帐，让明月把我俩的泪痕照干？

天宝十五载（756）七月，杜甫将家眷送至鄜州的羌村安顿，便赶赴宁夏灵武去投奔唐肃宗李亨，途中被安禄山叛军抓获。《月夜》一诗，是杜甫安史之乱中被叛军俘至长安后的作品。清人浦起龙《读杜心解》评论此诗说："心已神驰到彼，诗从对面飞来。悲婉微至，精丽绝伦，又妙在无一字不从月色照出也。"读此诗可与李白《菩萨蛮》合参，并可领略杜甫"沈郁顿挫"的艺术风格。此诗这种"专从对面着想"的构思，固然远承了《诗经·魏风》中《陟岵》篇的影响，但他也泽及了后人，如李商隐的名篇《夜雨寄北》，开篇即是"君问归期未有期"，也是从所忆念的对方着想着笔，从对面写来，不惟感情深至，而且回环婉曲。

杜甫老夫子生活态度严肃，绝不花心，亦无绯闻，远不及他心仪的李白风流浪漫，善于享受生活与生命。他一生所写的爱情诗寥寥无几，此诗正是其中难得的珍珠，所以弥足珍贵。

春梦

◎〔唐〕岑参

洞房①昨夜春风起，遥忆美人湘江②水。

枕上片时春梦中，行尽江南数千里。

【作者简介】

岑参（约 715—770），先世居南阳棘阳（今河南新野县东北），后徙居江陵（今湖北荆州市荆州区）。其诗形式多样，尤擅长七言歌行，为唐代著名边塞诗人，诗与高适齐名，并称为"高岑"。

【注释】

①洞房：深幽的卧室，常指妇女所居闺房。
②湘江：江名，在湖南省境内。

【诵译】

昨夜里春风吹进深幽的洞房，我梦见他还远在南方的湘江。在枕上一时片刻的春梦里，我追寻他走遍几千里的南方。

【心赏】

岑参是盛唐著名边塞派诗人，诗风雄浑高昂，超拔奇峭，同时也是仅次于李白和王昌龄的七绝高手。但杰出的诗人能刚能柔，风格并不单调，此诗即是一证。全诗从"春梦"着笔，空间阔大，妙想联翩，妙写相思之情。宋代词人晏几道《蝶恋花》之"梦入江南烟水路，行尽江南，不与离人遇"，正是由此诗脱胎而来，他借用了岑参的诗想，化用了岑参的诗句。

此诗的第二句，尚有版本作"故人尚隔湘江水"，但盛唐殷璠所编之《河岳英灵集》、宋人李昉等人所编之《文苑英华》，以及《四部丛刊》影印明正德本，均作"遥忆美人湘江水"。"美人"在古典诗词中义有多解，可指女子或男子，可指理想中的君王，亦可指品德高尚之人，因有"洞房"之词，我将此诗中的抒情主人公定为女性，她所忆念的"美人"即是男性了。岑参有知，大约也会同意千年后我的理解和猜测吧？

写情

◎〔唐〕李益

水纹珍簟①思悠悠，千里佳期一夕休②。

从此无心爱良夜，任他明月下西楼。

【作者简介】

李益（748—约829），字君虞，陇西姑臧（今甘肃武威）人。长于五律，尤擅七绝。其边塞诗多有传诵之名篇。

【注释】

① 水纹：竹席上之花纹像水上的微波。珍簟（diàn）：形容竹席之珍贵。

② 佳期：美好的约会。休：停止，罢休。

【诵译】

躺在珍贵的花纹如微波的竹席上思绪悠悠，千里美好的约会却在一夜间说罢休便罢休。从那以后啊我再也没有心思爱惜辰良夜，随它轮轮明月从东方升起又回回落下西楼。

【心赏】

据唐代蒋防《霍小玉传》，李益早岁应试长安时与霍小玉相爱，但其母为之订婚表妹卢氏，霍小玉饮恨而死，此诗当为霍而作。好诗或有本事，但好诗之所以传唱人口，能创造出为许多人所共鸣的具有普遍意义的艺术情境，则是必要条件，此诗也可以作如是观。你不一定也不必知道它本

- 208 -

来的故事，那种失恋、失意、失望、失落的真挚
而深长的咏叹，不是也可以叩响你的心弦吗？

中唐的李益也是边塞诗的高手，"回乐烽前
沙似雪，受降城外月如霜。不知何处吹芦管，一
夜征人尽望乡"，其《夜上受降城闻笛》传唱千
载，不知烫痛了多少咏者的嘴唇。他的爱情诗也
一枝秀出，"嫁得瞿塘贾，朝朝误妾期。早知潮有
信，嫁与弄潮儿"，其《江南曲》如花之开，不知
照花了多少观者的眼睛。《江南曲》是他写，《写
情》却是自写，它令我想起当代智利名诗人巴勃
罗·聂鲁达《一首绝望的歌》，歌中的名句云：
"爱是这么短，遗忘是这么长。"李益之诗所写的，
却是短短的情爱，长长的相思。

柳枝词

◎〔唐〕刘禹锡

清江①一曲柳千条，二十年前旧板桥。

曾与美人桥上别，恨无②消息到今朝。

【诵译】

　　江水弯弯春风吹绿杨柳千条，江上有座二十年前的旧板桥。我曾和美人在这座桥上话别，直到今天再无消息鱼沉雁杳。

【心赏】

　　空间是"旧板桥"，时间是"二十年前"，人物是身份未点明的抒情主人公，和未正式出场的他或她的"美人"，全诗构思婉曲，设置了空白与悬念，刺激读者的审美联想和想象。古典诗歌中写"桥"而表现爱情的作品甚多，而"板桥"据说在中牟县（今河南中牟县）东十五里，白居易《板桥路》、李商隐《板桥晓别》均写此地。白诗云："梁苑城西二十里，一渠春水绿千条。若为此地今重过，十五年前旧板桥。曾共玉颜桥上别，不知消息到今朝。"李诗则云："回望高城落晓河，长亭窗户压微波。水仙欲上鲤鱼去，一夜芙蓉红泪多。"他们的诗均与爱情有关。刘禹锡与白居易同年出生兼为好友，刘诗似是对白诗的

_－ 211 －_

櫽栝，虽然精减了两句，韵味更觉深长。

　　世上的芸芸众生，年轻时大都有初恋或再恋的经历，有的恋人一别就无缘再见，留下的是久远的回想与惆怅。刘禹锡此诗意境幽远，不就是对人生这一普遍情境的艺术概括吗？

赠别

◎〔唐〕杜牧

多情却似总无情，唯觉樽①前笑不成。

蜡烛有心还惜别，替人垂泪到天明②。

【作者简介】

杜牧（803—853），字牧之，京兆万年（今陕西西安）人。区别于杜甫，后世称为"小杜"，颇多名作，七绝尤为出色，是晚唐诗坛重镇。

【注释】

① 樽：酒杯。此处指告别的酒宴。

② "蜡烛"二句：以烛泪象征别情。晏幾道《蝶恋花》之"红烛自怜无好计，夜寒空替人垂泪"，即以此为蓝本化出。

【诵译】

内心柔情千种但外表却像是无义无情，只觉得宴上离愁别绪使人笑不出声。请看那无知的蜡烛还有心依依惜别，替我们落泪点点滴滴直到天明时分。

【心赏】

杜牧题为"赠别"的诗，最有名的除了这首"多情却似总无情"之外，就是"娉娉袅袅十三余，豆蔻梢头二月初。春风十里扬州路，卷上珠帘总不如"（《赠别》）。六朝齐梁时代的江淹，其名作《别赋》的开篇曾说："黯然销魂者，唯别而已矣！"一般的好友或亲人的离别都令人伤感，何况是情人尤其是热恋中的情人的离别？更何况是交通不便音讯难传的古代？此诗之"却似"与"唯觉"的虚词转折，"蜡烛有心"之拟人与象征，均令人玩味不尽，也启发了苏轼《江城子》的"相顾无言，惟有泪千行"，柳永《雨霖铃》的"执手相看泪眼，竟无语凝噎"。

在此诗中，"多情"与"无情"组合在同一诗句中两相激荡，表现深层的复杂的心理状态，即现代诗学中所谓"矛盾语"或"抵触法"。如臧克家纪念鲁迅的名作《有的人》，其中有名句曰："有的人死了，然而他还活着；有的人活着，然而他已经死了。""死"与"活"之矛盾语相摩相荡，具体情境虽然不同，但由此也可见诗心之古今相通。

春怨

◎〔唐〕金昌绪

打起黄莺儿①，莫教②枝上啼。

啼时惊妾梦，不得到辽西③。

金昌绪（生卒年不详），临安（今浙江杭州市）人。《全唐诗》仅存其《春怨》（一作《伊州歌》）一首，乃名副其实的"绝唱"。

① 儿：语气助词。

② 莫教：不让。

③ 辽西：辽河以西，此处泛指边城。

用竹竿打飞那在树上鸣啭的黄莺，为的是不让它在枝头欢快地啼鸣。它的啼声会惊醒我万里寻夫之梦，使我在梦里不能到达遥远的边城。

好诗一定要有巧妙的构思，陆游就曾说过"诗无杰思知才尽"（《遣兴》）。此诗在众多的怀念征夫的作品中一枝秀出，就是因为它有婉曲高明的构思，侧面着笔，一句一转，愈转其情愈深，在闺怨诗中别具一格。金昌绪仅以此"孤诗"而名传后世，可见诗人要力求创造，出类拔萃，要以一当十甚至以一当千，而非"韩信点兵，多多益善"。

金昌绪的生卒岁和生平行状，都已交给了历史的烟云，再也无法稽考，只知道他大约是开元时的诗人，大中年间以前在世。他存世之作仅此一首，宋人计敏夫《唐诗纪事》说："顾陶取此诗为《唐诗类选》。"原来，金昌绪同时代的同乡顾陶，曾编辑收录一千余首作品的《唐诗类选》，金昌绪此作就在其中。该选本已经失传，但金昌绪这一金贵之作却有幸传于今日，使得天下的有情人得以同观共赏，并感激顾陶披沙拣金的收录之功。

望江南

◎〔唐〕温庭筠

梳洗罢，独倚望江楼。过尽千帆皆不是①，斜晖脉脉②水悠悠，肠断白蘋洲③。

【作者简介】

温庭筠（？—866），字飞卿，太原（今山西太原市西南）人。其诗与李商隐齐名，人称"温李"。其词秾艳明丽，为五代"花间派"词人奉为鼻祖。辞章敏捷，八叉手而八韵成，故有"温八叉""温八吟"之号。仕途不达，曾任随县与方城县尉，终国子监助教。

【注释】

① 皆不是：都不是所盼之人回来的船。

② 脉脉：含情而视之貌。此处形容夕晖将尽未尽而似乎有情。

③ 白蘋洲：蘋，水草，叶浮水面，夏秋开小白花。白蘋洲即开满白色蘋花的水边小洲。古诗词中常指男女离别之地。

【诵译】

早晨起来梳洗之后，我孤独地倚靠在望江的楼头。千百叶风帆过去都不是他回来的船只，夕阳的余晖仍含情凝视江水悠悠奔流，望穿秋水柔肠寸断白蘋之洲。

这首写闺情的词是温庭筠的代表作品之一。温庭筠词风秾艳，是"花间派"词的先声，但此词摒除丝竹，一洗铅华，设色淡雅，先用白描，后用拟人之法，把从晨至暮望情人归来的真挚感情表现得深婉动人，说明一位优秀的诗人可以有多种笔墨。南朝的《西洲曲》说："鸿飞满西洲，望郎上青楼。楼高望不见，尽日栏杆头。"唐诗人赵徵明《思归》："为别未几日，去日如三秋。犹疑望可见，日日上高楼。惟见分手处，白蘋满芳洲。寸心宁死别，不忍生离忧。"温庭筠此词可能受到前人的影响，但艺术表现却远胜前人。

此词写等候情人的期盼心理，你如果有相类似的经历或经验，读来定当深有会心。不过，你如果生活在城市，黄昏时于马路边等候相约的情人，久候而不至，你搔首踟蹰，望眼欲穿，那就并非"过尽千帆皆不是"，而是"过尽千车皆不是，斜晖脉脉心悠悠"。

夜雨寄北①

◎〔唐〕李商隐

君问归期未有期，巴山②夜雨涨秋池。

何当③共剪西窗烛，却④话巴山夜雨时。

① 寄北：寄给北方的亲人和友人。旧说唐宣宗大中二年（848），李商隐在巴蜀（今四川东部一带）得妻子王氏从长安家中来信询问归期，作此诗以答。据今人考证，大中二年李商隐未至巴蜀，大中五年赴东川时，王氏已殁。

② 巴山：有大巴山与小巴山，泛指蜀地之山。

③ 何当：何时能够。

④ 却：转折词，表继续或重复，意为再，返。

你问我何时归来我还不能确定归期，今天晚上巴山秋雨已经落满了池塘。何时才能相聚而共剪西窗下的烛花？那时再说巴山夜雨苦忆远人的时光。

晚唐的朝廷政局多有党派斗争，如牛僧孺（牛党）与李德裕（李党）之争，就前后长达四十年之久。经牛党的高官令狐绹的举荐，李商隐得中进士，但这位不谙世事的书生却又娶了李党的王茂元之女为妻，且感情甚笃，于是一生都卷进了牛、李二党漩涡之中而命途多舛，未能泅渡上岸，甚至连累此诗究竟所寄对象为谁，也莫衷一是。

南宋洪迈所编《万首唐人绝句》,此诗题一作《寄内》。清人孙洙《唐诗三百首》此诗题为《夜雨寄北》,但又注曰"题一作《夜雨寄内》"。前人曾考证李商隐于大中二年五月离开桂州桂管节度使郑亚幕府,经湖湘至荆、巴,上溯巫峡,于秋天接王氏信笺而以诗代柬。但多数李诗之版本标题均为《夜雨寄北》,且有人考证李商隐写此诗之时,王氏已经去世,故一些论者又认为此诗非寄妻子而是寄给朋友,或是"私昵之人"。我以为,这正说明了好诗的多义性与多解性,即并非"单解"而有"多解",让读者有更大的想象空间和更多的艺术再创造的可能性。总之,此诗是李商隐的第一流的作品,它以"巴山夜雨"为意象中心,多维时空交错组合,构思婉曲回环,诗语重言复沓,创造了具有普遍人生意义的寄内或寄友的极为成功的艺术意境,成为代代传诵的经典名篇。

台湾名诗人洛夫,于1987年5月大陆与台湾开放在即之时,作有极为精彩的抒情长诗《湖南大雪——赠长沙李元洛》,开篇"君问归期/归期早已写在晚唐的雨中/巴山的雨中",正是远承了李商隐的心香一瓣,而作了现代性的转化与创造。

无题

◎〔唐〕李商隐

相见时难别亦难①，东风无力百花残。

春蚕到死丝②方尽，蜡炬成灰泪始干。

晓镜但愁云鬓③改，夜吟应觉月光寒。

蓬山④此去无多路，青鸟殷勤为探看⑤。

① "相见"句：前"难"指机会难得，后"难"指别情难堪，二者有所不同。

② 丝：蚕丝，"丝"与"思"谐音。

③ 云鬓：本指青年女子的鬓发，此处借指青春年华。

④ 蓬山：指蓬莱山，神话传说中的渤海中的仙山，此处指所怀女子遥远的居住之所。源出《山海经·海内北经》。

⑤ 青鸟：神话中传递消息的仙鸟，此借为书信、信使。源出《山海经·西山经》。探看：探寻，看望，"探"读去声，"看"读平声。

见面时多么困难离别也使人难堪，暮春时节东风渐歇百花也已凋残。我的思念如春蚕吐丝到死才了结，又如蜡烛变成灰烬泪水才会流干。我想象她晨起对镜只愁年华易老，凉夜吟诗也该会觉得那月色凄寒。从这里去海上仙山路途并不遥远，我请那青鸟殷勤致意先代为探看。

　　法国象征派诗人马拉美说过："诗是谜语。"如果说有的好诗不一语道破而令人思索，此语也不无道理。这首诗历来解说纷纭，有人说是写恋情，有人说是向宰相令狐绹陈情，有人说是望当道者援引，有人说是作者外调宏农尉盼望回京，说法之多，如同索解李义山的其他无题诗一样。虽然，义有多解而非单解常能增强诗的欣赏价值，但我还是认为此诗解为抒写恋情为好，向来持此解者也属多数派。这首诗至纯至精至美，几乎句句是金句，尤其它的颔联乃千古传诵，是全篇的锦上之花，表达的是至死不渝的恋情，千百年来广为传诵，广为引用，不知烫痛过多少有情男女的嘴唇。当然，这些男女都应是重情重义而且有相当文化修养的，否则就不知此诗为何物了。

　　时至今天，社会日趋商业化与世俗化，权位与金钱几乎成了许多人唯一的价值标准包括爱情标准，外界非精神的物质与功利的诱惑太多，纯真的海枯石烂的恋情，不说几近绝版，也应该说是比较珍稀因而也弥足珍贵。我的学兄范亦豪君少年英俊，才华焕发，但二十世纪五十年代中期因故蒙难，发配至青海人迹罕至的祁连山中放牧牦牛，住在外有狼嚎内如冰窟草草搭成四面漏风的窝棚，饥肠辘辘，艰苦备尝，支持他的唯有雪莱、拜伦之诗，和万里外恋人频频慰问的书信。他的恋人是同班同学王世樵（巧），品学与颜值俱胜，被分配在位于沈阳市的辽宁大学中文系任教，她承受了巨大压力拒绝他人的威逼利诱和多方追求，对范亦豪始终不离不弃，并且毅然辞去大城市的大学教职，决然奔赴苦寒的边地与他相依为命，范君才因此得以绝境逢生。事见范著《命运变奏曲——一个人的当代史》（人民文学出版社2014年版），有心的读者何妨觅来一读？

晚秋

◎〔唐〕敦煌唐诗

日月千回数①，君名万遍呼！

睡时应入梦，知我断肠②无？

【注释】

① 数：点数，计算。《后汉书·文苑传下·祢衡》："余子碌碌，莫足数也。"

② 断肠：此处是形容悲痛到极点。汉蔡琰（文姬）《胡笳十八拍》："空断肠兮思愔愔（yīn）。"

【诵译】

日升月落我千回点算，你的名字我万遍呼喊！夜深时你应入我梦中，知不知道我肝肠寸断？

【心赏】

此诗选自《全唐诗外编》（上）的《敦煌唐人诗集残卷》。这一残卷在 1900 年发现于甘肃敦煌石窟，大多是唐代无名氏的作品，未能收录于清代编纂的《全唐诗》之中，是沉埋在千年塞外的漠漠风沙中的稀世明珠，《晚秋》就是其中的一颗。

此诗作者已无可查考，只知是汉族人，可能是一名战士，可能是一位使者，也可能是当地的一介百姓。吐蕃攻占敦煌，他被俘押送青海，写了近六十首诗，此为其中之一。穿过一千二百年时间的风沙，我们至今仍然可以如在耳边听他悲怆的呼声！"君名万遍呼"，这是真实的情境写照，也是动人的艺术表现，可以引起今日许多热恋中人的通感共鸣。台湾诗人纪弦有名篇为《你的名字》，"用了世界上最轻最轻的声音，轻轻地唤你的名字每夜每夜"，全诗围绕"名字"结撰成章。当代大陆诗人星汉《塔什萨伊沙漠书楣卿姓名》一诗，他的奇想是"黄沙滩上满芳名，风起却教天上行。一路不须多苦忆，抬头即可见卿卿"。在法国现代诗人艾吕雅的《自由》中，"我写你的名字"一语重复二十一次之多。以上中外三诗，均可与上述敦煌唐诗互参。

犹记 1994 年中秋节的美国旧金山公园，北美华人作家协会举行庆贺中秋节并欢迎我的集会，在年登上寿的老诗人纪弦面前，我背诵了他的上述名篇。犹记一诵既罢，我笑问老诗人："这首诗当年是送给谁的呢？是情人还是现在的夫人？"童心未泯的老诗人莞尔而答："你可别告诉我的太太哟！"于今斯人已去，令人不胜追怀。

生查子

〔五代〕牛希济

春山烟欲收①，天淡稀星小。残月脸边明，别泪临清晓。

语已多，情未了，回首犹重道②："记得绿罗裙，处处怜③芳草。"

牛希济（生卒年不详），籍贯陇西（今属甘肃省）。五代时人，词人牛峤之侄。《花间集》收其词十一首，为"花间派"重要词人之一。

①烟：指山上的雾气。欲收：烟雾将散。

②重道：反复地说。

③怜：爱，惜。

室外的春山烟雾将要消散，天色微明稀疏的晨星小小。将落的月光照耀离人脸庞，泪珠晶莹在这春日的拂晓。叮咛已万语千言，离情却没完没了，回过头来还反复叮咛说道："你要记得我那绿色的罗裙啊，走到哪里都爱惜青青的芳草。"

"记得绿罗裙，处处怜芳草"是千古传唱的名句，它是眼前实景，也是美学上所谓的"移情"，"怜芳草"即"怜罗裙"，也就是"怜人"。"重道"者为谁，是女主人公对男方的殷殷叮嘱，还是男主人公向女方的连连表态呢？此词中"重道"的所有权似乎应该属于女方，但是，中国古典诗词中的主语常常省略，增加了解释的多样性，也扩展了读者想象的空间，读来更饶多情味。

"记得绿罗裙，处处怜芳草"，不仅结句在全词中后来居上，留下了袅袅的余音，而且也是宋词特别是宋词中的爱情词的名句。它表现了离别的情人间共有的感情，而且是一种合于真与善之准则的因而可称为美的感情，同时，在诗的意象美方面它既有传承也有创造。"青青河畔草，绵绵思远道"（《古诗十九首》），"雨过草芊芊，连云锁南陌。门前君试看，是妾罗裙色"（南朝陈代江总之妻《赋庭草》），"蔓草见罗裙"（杜甫《琴台》），"草绿裙腰一道斜"（白居易《杭州春望》），古典诗歌以芳草写离情咏罗裙所在多有，牛希济之作显然有出蓝之美，非前人之作的翻印，乃推陈出新的新版。

摸鱼儿

◎〔金〕元好问

　　泰和五年乙丑岁①，赴试并州②。道逢捕雁者云："今旦获一雁，杀之矣。其脱网者悲鸣不能去，竟自投于地而死。"予因买得之，葬之汾水之上，垒石为识，号曰"雁丘"③。时同行者多为赋诗，予亦有《雁丘词》。旧所作无宫商④，今改定之。

　　问世间、情是何物，直教生死相许？天南地北双飞客，老翅几回寒暑。欢乐趣，离别苦，就中更有痴儿女。君应有语，渺万里层云，千山暮雪，只影向谁去？

　　横汾路⑤，寂寞当年箫鼓，荒烟依旧平楚⑥。招魂楚些⑦何嗟及，山鬼⑧暗啼风雨。天也妒，未信与，莺儿燕子俱黄土。千秋万古，为留待骚人，狂歌痛饮，来访雁丘处。

【作者简介】

　　元好问（1190—1257），字裕之，号遗山，秀容（今山西忻州）人。祖系出自北魏拓跋氏，金宣宗兴定五年（1221）进士，官至尚书省左司员外郎，金亡不仕。他是北方鲜卑族著名文学家，金元之交的杰出诗人，擅长古文、诗词与曲，其中犹以诗创作成就最高。

【注释】

① 泰和五年乙丑岁：即1205年。

② 并州：治所在今山西太原市。

③ 雁丘：今山西省阳曲县，明人陈霆《渚山堂词话》记载，此词一出，葬雁之地便名雁丘。

④ 宫商：古代音律中的宫音和商音，引申为音乐、音域。

⑤ 横汾路：汾水一带，汉武帝当年游幸之处。

⑥ 平楚：远眺见丛木齐平，引申为平林、平野。

⑦ 楚些（suò）：句末语气词，楚辞《招魂》多用。

⑧ 山鬼：屈原《九歌》中的名篇，写山中女神之恋。

问人世间爱情究竟是何物，径直教芸芸男女生死相许？往返天南地北的双飞雁啊，劲健的翅膀经历多少寒暑。欢乐的相聚相随，离别的悲伤痛苦，其中更有多少啊痴儿怨女。雁兄啊你的嘱咐未及说出，渺渺的是千里寒云，茫茫的是千山晚雪，剩我形单影只何处去？

汾水一带是帝王游幸之处，当年的箫鼓已歇，四望是荒烟平林漠漠。一雁已被杀，一雁已殉情，招魂已徒然，山鬼啼风雨。殉情的孤雁其情感动上天，我不信如普通莺燕葬黄土，此情此义越千年啊传万古，雁丘留待诗人们来痛饮放歌，好把心中的感受尽情倾吐！

"鸿雁于飞，哀鸣嗷嗷"，早在两千多年前的《诗经·小雅·鸿雁》中，雁就留了它们的啼鸣和身影了。古典诗歌中咏雁的篇什，最有名的一首是南宋张炎的《解连环·孤雁》，咏的是失群之雁，抒写的是国破家亡之痛；另一首则是金元之交的元好问所作的《摸鱼儿》，咏的是丧侣而殉情之雁，由自然而社会，由雁及人，抒写的是具有悲剧色彩的真挚的天长地久之爱情。

从词前的小序，可见此作的缘起及其写实性。作者十六岁时赴并州赶考，途中见一双情侣鸿雁，据猎人说，其一被擒杀，其伴侣哀鸣不去，触地而死为其殉情。此景此情，刺激了年轻的作者多愁善感的诗心，他当即从猎人手中购买了它们的遗骸而葬于汾水之旁，并赋有《雁丘词》。可能是现场匆忙写就，还不符合可以赋之管弦而歌唱的音律，故后来改为《摸鱼儿》一词。其"改定之"时估计离草创之作不会太久，所以此词仍是元好问的少年之作，其才华绝不逊于十六岁写出应试之章的白居易《赋得古草原送别》，比十九岁写出名篇《桃源行》的王维还年轻三岁。当年在雁丘"同行者多为赋诗"，但其他人的作品似乎未能流传于世，元好问后来编定金诗总集《中州集》，收有李治和杨果的各一首和诗，他自己的《遗山乐府》，也附录了这两首作品。为了读者参照对读，我转引于下：

雁双双，正飞汾水，回头生死殊路。天长地久相思债，何似眼前俱去。摧劲羽，倘万一，幽冥却有重逢处。诗翁感遇，把江北江南，风嘹月唳，并付一丘土。

仍为汝，小草幽兰丽句，声声字字酸楚。拍江秋影今何在？宰木欲迷堤树。霜魂苦，算犹胜，王嫱青冢贞娘墓。凭谁说与，叹鸟道长空，龙艘古渡，马耳泪如雨！

——李治《摸鱼儿》

怅年年，雁飞汾水，秋风依旧兰渚。网罗惊破双栖梦，孤影乱翻波素。还碎羽。算古往今来，只有相思苦。朝朝暮暮，想塞北风沙，江南烟月，争忍自来去。

埋恨处，依约并门旧路。一丘寂寞寒雨。世间多少风流事，天也有心相妒。休说与，还却怕，有情多被无情误。一杯会举，待细读悲歌，满倾清泪，为尔酹黄土！

——杨果《摸鱼儿》

元好问之词是首唱，李治和杨果之作是续和，它们咏叹的是同一题材与主题，可称各有好句，各有千秋，各有对忠贞的爱情与美好的人性的领悟与表现，但元好问之作毕竟高出一筹，尤其开篇的"问世间、情是何物，直教生死相许"，更是千古不磨、历久长新的警言金句。今时确已非昔日，世风也已经不古，但美是永存的，也是永恒的，外国的民歌与名歌对友情歌唱的尚且是"友谊地久天长"，何况是普天下男女之间美好的天长地久的至性至情呢？元好问还有一首《摸鱼儿》，写的正是一对青年男女殉情的悲烈，与此词成为双璧，有心的读者亦可搜来一读。

长相思

吴山①青，越山②青。两岸青山相送迎，谁知离别情？

君泪盈，妾泪盈。罗带同心结③未成，江头潮已平。

　　林逋（bū）（967—1029），字君复，死后谥"和靖先生"，钱塘（今浙江杭州）人。酷爱植梅养鹤，时人称其"以梅为妻，以鹤为子"。"疏影横斜水清浅，暗香浮动月黄昏"（《山园小梅》），是其千古传唱的名句。

　　①吴山：钱塘江北岸之山，古代属吴国，故称吴山。

　　②越山：钱塘江南岸之山，古代属越国，故称越山。

　　③同心结：象征定情或爱情的心形之结。

　　吴山郁郁青青，越山郁郁青青。夹岸的青山面对离人相送相迎，它们谁知别绪离情？你的热泪盈盈，我的别泪盈盈。丝织衣带同心之结还没有打成，江潮已涨啊船将远行。

　　林逋少孤好学，诗词书画均登堂入室。在故里只喜读书养鹤，曾在屋之前后植梅三百六十余株。他后来隐居西湖孤山二十年，终生未曾婚娶，唯植梅养鹤，人称"梅妻鹤子"，死后宋仁宗赠以"和靖先生"之号。此词是他隐居之前所作，是他唯一的爱情诗，写得柔情如水，绮思无穷，不知他后来为何成了独身主义者？而这位古代的单身贵族，今日所云"钻石王老五"，他这首情意绵绵的《长相思》，写的到底是他自己还是别人的罗曼史呢？现在已无法确指了，除非他自己出来说明。除了感情真挚，此词的民歌反复手法的运用，连句韵的声义相谐，也更平添了它的动人风致。

白居易在林逋之前，也有一首与林逋词题相同的《长相思》，可谓诗心相通，先后媲美，我们不妨对读而品评："汴水流，泗水流，流到瓜洲古渡头。吴山点点愁。　思悠悠，恨悠悠，恨到归时方始休。月明人倚楼。"

一丛花令

◎〔宋〕张先

伤高怀远几时穷？无物似情浓。离愁正引千丝乱，更东陌、飞絮濛濛。嘶骑渐遥，征尘不断，何处认郎踪！

双鸳池沼水溶溶，南北小桡①通。梯横②画阁黄昏后，又还是、斜月帘栊。沉恨细思，不如桃杏，犹解嫁东风③。

张先（990—1078），字子野，乌程（今浙江湖州）人。宋仁宗天圣八年（1030）进士，官至都官郎中。曾以"云破月来花弄影""娇柔懒起，帘压卷花影"（一作"帘押残花影"）和"柳径无人，堕轻絮无影""不如桃杏，犹解嫁东风"，被称为"张三影"和"桃杏嫁东风郎中"。张先一生安享富贵，诗酒风流，颇多佳话。好友苏轼赠诗"诗人老去莺莺在，公子归来燕燕忙"，为其生活写照。据传张先在八十岁时仍娶十八岁的女子为妾。一次家宴上苏轼再度赋诗调侃："十八新娘八十郎，苍苍白发对红妆。鸳鸯被里成双夜，一树梨花压海棠。"

① 桡（ráo）：船桨，此处代指船。
② 梯横：放倒梯子。
③ 嫁东风：桃杏在春风中盛开。东风：代指春天。

伤心地登高怀远这日子何时穷尽？世间无物可比蜜意浓情。满怀离愁正引动风中的游丝乱飞，更何况东边田间小路上柳絮迷蒙。嘶鸣的马渐渐远去，飞扬的尘土仍不断，哪里去辨认郎君的踪影？一双双鸳鸯嬉游于池塘春水溶溶，小船南来北往一水相通。梯子横斜从楼阁下来已是黄昏后，还是那斜斜的月光照进我的窗棂。深深怅恨细细回想，人还不如那桃杏啊，桃杏还知及时嫁给春风。

张先《行香子》一词有"心中事，眼中泪，意中人"之妙语，故前人称之为"张三中"，而他则自认为是"张三影"，因为他自鸣得意之句是"云破月来花弄影""帘压卷花影"和"堕轻絮无影"。此词结句尤佳，乃从李贺《南国》诗"可怜日暮嫣香落，嫁与东风不用媒"点化而来，但构思更为巧妙，意蕴更为深厚。张先因有此名句又被美称为"桃杏嫁东风郎中"，这就只好委屈李贺了。

欧阳修位高权重，又兼文坛盟主，十分爱才，但他一时无缘结识张先。后来张先主动拜访，欧阳修听到通报，高兴得匆忙中倒穿着鞋子前去迎接，边走边笑说："'桃杏嫁东风郎中'到了，快请进，快请进。"从此，成语中多了"倒屣相迎"一词，张先也获得了"桃杏嫁东风郎中"的光荣称号，而后世的我们对于前贤的文采风流和爱重人才的胸襟怀抱，也不禁久久地抚时感世而临风怀想。

蝶恋花

◎〔宋〕晏殊

槛①菊愁烟兰泣露，罗幕轻寒，燕子双飞去。明月不谙②离恨苦，斜光到晓穿朱户。

昨夜西风凋碧树，独上高楼，望尽天涯路。欲寄彩笺兼尺素③，山长水阔知何处！

［作者简介］

晏殊（991—1055），字同叔，抚州临川（今江西抚州）人。少年时以神童诏见，赐同进士出身。工诗词，词风承袭五代，多写闲情逸致而风格婉丽，有《珠玉词》一百二十八首。"无可奈何花落去，似曾相识燕归来"（《浣溪沙》）一联，为其千古名句。

［注释］

① 槛（jiàn）：窗下或长廊旁的栏杆，此词中指花圃的围栏。

② 谙（ān）：熟悉，了解。

③ 彩笺：古人用以题诗的精美的纸，此处即指诗笺。尺素：古人书写所用的长约尺许的生绢，代指书信。

［诵译］

围栏中的菊花在烟雾里忧愁兰草带露像在哭泣，早寒透过丝绸帘幕，燕子早已双双远飞而去。高天的明月不知道人间离别的痛苦，欲落时它的斜晖到天明还穿窗入户。昨天晚上一夜秋风劲吹凋零了碧树，我一人独上高楼啊，望尽那通向天边的道路。想寄诗笺和书信给远行天涯的他啊，山也长水也阔他在何方啊寄向何处？

　　晏殊是北宋名词人，此词又是他的名作。上片写室内和庭院，取境小而风格柔婉；下片写登临所见所感，境界大而格调悲壮。"昨夜"句是名作中的名句，此句纯用白描，意境高远，极具艺术概括力。结句写希望与失望交织的矛盾心理，表现有情人的那种期待与惆怅之情，具有古今相通的普遍意义，我认为不让"昨夜"之句专美于前，且有后来居上之胜。

　　王国维在他的《人间词话》中，两次提到此词中的名句。在第二十五则中，他说"昨夜西风凋碧树"一语乃"诗人之忧生也"，在第二十六则中他又评论说："古今之成大事业、大学问者，必经过三种之境界：'昨夜西风凋碧树，独上高楼，望尽天涯路'，此第一境也。"本来是抒写爱情的词句，王国维就有两种引申的解读，可见好诗能为读者提供艺术再创造的广阔天地，当然，读者也要具备能欣赏好诗的慧眼灵心，方能知所评说点赞。

◎ 〔宋〕贺铸姬

寄贺方回①

独倚危楼泪满襟，小园春色懒追寻。

深思总似丁香结②，难展芭蕉③一片心。

贺铸姬（生卒年不详），北宋著名词人贺铸之妾或恋人。人以诗传，此作见于《宋诗纪事》。

① 贺方回：即北宋词人贺铸。贺答以《石州引》词中有"欲知方寸，共有几许新愁？芭蕉不展丁香结"之句。

② 丁香结：丁香开花后其子緘（jiān）结于厚壳之中。

③ 难展芭蕉：蕉心紧裹未展。

我独自倚立在高楼泪满衣襟，小园美好春光也懒得去赏寻。愁思不解如同丁香含蕾郁结，愁怀难展好似芭蕉紧裹蕉心。

此诗情采清华，意境幽美，出自一位弱女子的纤纤素手，在"女子无才便是德"的封建时代，真是难能可贵，所以本书予以选录，给这位名姓不传的才女作者一席之地。贺铸的作品本来善用李商隐、温庭筠诗的成句，他曾说："吾笔端驱使李商隐、温庭筠，常奔命不暇。"而此作妙用李诗《代赠》中"芭蕉不展丁香结，同向春风各自愁"以自喻，贺铸读之当为之莞尔，而假若李商隐地下有知，也该会欣然首肯吧？

　　"丁香"与"芭蕉"是中国古典诗歌的一种植物意象，也是一种传统性的意象，不知有多少诗人曾经吟咏过它们，在诗词中留下它们的身影。古今相通，在现代的民歌中，也曾经将其与爱情联系起来咏唱："阿哥阿妹情意深，好像那芭蕉一条根。阿哥就是那芭蕉叶，阿妹就是那芭蕉心。"走笔至此，这一民歌的动人意韵，仿佛正从二十世纪中叶的著名电影《五朵金花》中隐隐传来。

一剪梅

〔宋〕李清照

红藕香残玉簟①秋。轻解罗裳，独上兰舟②。云中谁寄锦书③来？雁字④回时，月满西楼。

花自飘零水自流。一种相思，两处闲愁。此情无计可消除，才下眉头，却上心头。

① 玉簟：光洁似玉的席子。

② 兰舟：刻木兰树为舟，船的美称。

③ 锦书：锦是有彩色花纹的丝织品，锦书即华美的文书。

④ 雁字：雁群飞时排成"一"字形或"人"字形，故名。雁为候鸟，回时正值秋季。

红荷凋谢室内的竹席报道凉秋，轻轻解开丝织衣裳，独自登上木兰之舟。望断茫茫云空有谁寄书信来呢？等到鸿雁回来之时，月光当会照满西楼。花儿自管飘零啊逝水自管东流。我思念他他思念我，相思一样两地生愁。满怀思念之情无法可以消除啊，刚从愁眉中解开，却又立即袭上心头。

李清照十八岁时，与太学生赵明诚结婚。小夫妻俩均是名门之后，诗礼传家，志趣相投，赵明诚喜收藏金石字画，后来经李清照整理他这一方面的著作题名《金石录》，李清照也有《漱玉词》传世。他们夫妻"读书赌茶"的故事，成为流传后世的佳话，而郭沫若为山东济南李清照故居题联即是："大明湖畔趵突泉边故居在垂杨深处，漱玉集中金石录里文采有后主遗风。"

"一剪梅"在宋人的口语中为一枝梅之意。此词乃李清照早期作品，抒写的是青春时代的别绪离愁。元人伊世珍《琅嬛记》早有追记："易安结缡未久，明诚即负笈远游。易安殊不忍别，觅锦帕书《一剪梅》词以送之。"李清照满怀思念，幸亏她有才人手笔，写下了这首伤离念远的名词为证。其词的一个特色，就是"用浅俗之语，发清新之思"（清人邹祇谟《远志斋词衷》），此作即可证明，它语言朴素洗练，感情真挚清纯，抒写对丈夫的怀想，如花之开，如泉之涌，如月之明，也如风之清。

此词结句甚妙，今人仍多引用，"云中谁寄锦书来"一句亦是如此，可见古典诗歌不仅是当代中国人的精神之根，也是当代中国人的文化之源。不过，今日有电话、手机，现代人已很少手写纸载地写信，而那种既有书法之美复兼文采之胜的"锦书"，则更是万不得一了！

醉花阴

◎〔宋〕李清照

薄雾浓云愁永昼，瑞脑消金兽①。佳节又重阳，玉枕纱厨②，半夜凉初透。

东篱把③酒黄昏后，有暗香盈袖。莫道不销魂，帘卷西风④，人比黄花⑤瘦。

【注释】

① 瑞脑：一种香料，又称龙脑。金兽：兽形铜香炉。

② 纱厨：又名碧纱橱，木架，外蒙轻纱，中放床位，夏日可避蚊蝇。

③ 东篱：陶渊明《饮酒》："采菊东篱下。"把：持，拿。

④ 帘卷西风：秋风吹卷门帘的倒装句。

⑤ 黄花：菊花。

【诵译】

薄雾浓云的阴晦天气令人整天生愁，瑞脑香燃完在金兽形的香炉。又逢亲人团聚的重阳佳节啊，我却独寝在碧纱橱里，长夜不眠半夜秋寒初透。在东篱下把酒独酌于黄昏袭来之后，菊花的幽香沾满了我的衣袖。不要说这不会令人黯然魂销，料峭西风吹卷起门帘，多情的人比菊花啊还要消瘦！

【心赏】

元人伊世珍《琅嬛记》记载：李清照以此词函致丈夫赵明诚，他废寝忘食三天三晚，写了五十首词，和李清照之作混在一起，隐名请友人陆德夫评议。陆德夫玩之再三，却独独赞赏李清照作的后三句，曰"只三句最佳"，令赵明诚喜不自胜而又怅然若失者久之。

此词是李清照早期的名篇，特别是"莫道"三句，意象清超，声情双绝，数百年来脍炙人口。宋词中以花喻人之瘦的诗句所在多有，如程垓《摊破江城子》之"人瘦也，比梅花，瘦几分"，而秦观一则说"人与绿杨俱瘦"（《如梦令》），再则甚至说"天还知道，和天也瘦"（《水龙吟》），写得都算水准以上，但均不及李清照此词之锦心绣口。至少在这个特定意象上，巾帼压倒须眉。台湾名诗人洛夫在《与李贺共饮》中写李贺"哦！好瘦好瘦的一位书生／瘦得／犹如一支精致的狼毫"，那则是有所传承的以形写神的动人变奏矣。

【中吕】

十二月过尧民歌①

别情

〔元〕王实甫

[十二月] 自别后遥山隐隐，更那堪远水粼粼。见杨柳飞绵滚滚，对桃花醉脸醺醺。透内阁②香风阵阵，掩重门暮雨纷纷。

[尧民歌] 怕黄昏忽地又黄昏，不销魂怎地不销魂③？新啼痕压旧啼痕，断肠人忆断肠人。今春，香肌瘦几分，搂带④宽三寸！

【作者简介】

王实甫（生卒年不详），名德信，大都（今北京）人。约与关汉卿同时或稍后，元代著名的戏曲作家。著有杂剧十四种，最著名的是《西厢记》。

【注释】

① "十二月"句：用《十二月》这支曲子带过其后之《尧民歌》曲。过：带过。

② 内阁：深闺，内室。

③ 销魂：形容失魂落魄、神思茫然之状。

④ 揉带：衣带。

【诵译】

自从离别之后便望断远山约约隐隐，更受不了照眼伤情的远水波光粼粼。眼见陌头的杨絮不断地在风中飞扬，面对着如喝醉了酒的桃花脸色绯红。从外而内香风阵阵吹进了我的深闺，掩上庭院的门户暮雨潇潇落个不停。虽然害怕黄昏的寂寞不觉又是黄昏，心想不黯然伤神又怎么能不伤神？今日新的啼痕叠印着昨天的啼痕，柔肠寸断的人忆念那肝肠寸断的人。今年春天啊，香润的肌肤消瘦了几分，腰上的裙带也宽了三寸！

　　王实甫以《西厢记》等杂剧名世，小令仅存此《十二月过尧民歌》一首。然而，宁尝鲜桃一口，不吃烂杏一筐，这是民间的俗语；说它如绝世之珠，那则是文人的赞美之辞了。明代朱权《太和正音谱》评论王实甫的创作，说"其词如花间美人"，这正是文人的评说方式，应该包括这首爱情之曲在内。

　　"十二月"每句之尾均为叠字句，"尧民歌"除结尾两句之外均为复字句，即叠字字法与连环句法，诵唱时珠圆玉润，回环婉转，声情并茂，益增其打动人心的艺术力量。散曲原来就是被之管弦以供歌唱的，一代才人王实甫的如斯佳词妙句，诵读时已口齿生香，由妙龄歌伎演唱起来，想必更是"此曲只应天上有，人间能得几回闻"了。

临江仙
戍云南江陵别内

楚塞巴山横渡口①，行人莫上江楼。征骖②去棹两悠悠。相看临远水，独自上孤舟。

却羡多情沙上鸟，双飞双宿河洲③。今宵明月为谁留？团团清影好，偏照别离愁！

【作者简介】

　　杨慎（1488—1559），字用修，号升庵，新都（今四川成都市新都区）人。文、词、散曲自成一家。著述之富达一百余种，明代推为第一。

【注释】

①"楚塞"句：江陵是春秋时楚国郢都，其西之南津关，是巴东三峡之一的西陵峡的出口处，其东为古之楚地。

②骖（cān）：一车驾三马，亦指一车三马或四马中的两旁之马。此处指马。

③"双飞"句：暗用《诗经·周南·关雎》篇之"关关雎鸠，在河之洲"诗意。

【诵译】

　　东之楚塞西之巴山横亘在江陵渡口，远去他乡的行人不要登上江楼。我骑马你乘舟两人相隔啊愈来愈远，面对浩浩长江彼此执手相看，我只得目送你独自登上孤舟。我反倒羡慕那多情多福的江上鸥鸟，它们可以双飞双宿啊在河之洲。今天晚上明月高悬在天是为谁而留？团圆的清光照人本来很美好，今宵却偏照我们的别恨离愁！

　　明武宗朱厚照正德六年（1511），时年二十三岁的杨慎高中状元，后在明世宗朱厚熜嘉靖三年（1524），因故受两次廷杖，削籍谪戍云南永昌卫，开始他长达三十余年的流放生涯，直至死于戍所。出京时，其夫人黄峨送他南下，至湖北江陵话别。这首词，就是杨慎贬戍云南时在江陵告别妻子黄峨的作品。作者以彼此分离之"独"，与沙上鸟之"双飞双宿"作强烈的对照，全用白描，情深意永，缠绵悱恻。他们夫妻两地分居三十余年，杨慎在云南还写了许多怀人念远的作品，此词不过是悲怆奏鸣曲的序曲而已。

　　杨慎另一首《临江仙》则为咏史之作（"滚滚长江东逝水，浪花淘尽英雄"），同样全是白描，却笔力豪壮，感慨苍凉。罗贯中的小说《三国演义》引用此词作开场白，许多读者以为是罗贯中之作，故特此说明来龙去脉，以正视听。

寄外

◎〔明〕黄峨

雁飞曾不度衡阳①，锦字何由寄永昌②？

三春花柳妾薄命，六诏③风烟君断肠。

曰归曰归愁岁暮④，其雨其雨怨朝阳⑤。

相闻空有刀环⑥约，何日金鸡⑦下夜郎？

【作者简介】

黄峨（1498—1569），字秀眉，四川遂宁人，杨慎之妻。博通经史，能诗文，散曲尤擅，善书札，与杨慎夫唱妇随，伉俪情深。近人将两人之作合编为《杨升庵夫妇散曲》。

【注释】

① "雁飞"句：南飞之雁至衡阳回雁峰而止。王勃《滕王阁序》："雁阵惊寒，声断衡阳之浦。"

② 锦字：书信。永昌：今云南省保山地区。

③ 六诏（zhào）：唐代西南夷中乌蛮六个部分的总称。"诏"为王之意，此处代指永昌。

④ "曰归"句：曰，语气助词。《诗经·小雅·采薇》："曰归曰归，岁亦暮止。"

⑤ "其雨"句：其，表祈求之语气副词。《诗经·卫风·伯兮》："其雨其雨，杲杲日出。"

⑥ 刀环：刀头之环，"环"与"还"谐音，暗喻"回还"。

⑦ 金鸡：古代大赦时，竖长杆，顶立金鸡，击鼓以宣赦令。

鸿雁飞到回雁峰就折返不曾越过衡阳，书信有什么办法寄到更南更南的永昌？面对花红柳绿的三春美景我自叹薄命，云南的蛮烟瘴雨中你因怀念我而断肠。归来啊归来又是愁人的一年将尽之日，盼雨啊盼雨又是令人心怨的炎炎朝阳。听说朝廷空有赦免而允许回家的消息，什么时候啊赦书才能颁到遥远的夜郎？

杨慎贬戍云南永昌三十余载，最后以七十二岁之年卒于戍所。此诗是其妻黄峨寄给他的作品中的一篇，全诗句句用典而且恰到好处，可以加深扩展作品的内在容量，也可获得一种暗示与隐喻的效果，引发读者丰富的联想。高尔基说过："婚姻是两个人精神的结合，目的是要共同克服人世的一切艰难困苦。"我读这首诗，这位文豪的名言不禁飞上心头。不过，他们的"艰难困苦"也太过沉重而长久了。

滞留四川家园与丈夫长期两地分居的黄峨，不仅是杨慎的忠贞不渝的贤妻，也是杨慎心心相印的文友。她的作品虽多佚失，但除了《寄外》之外，其《黄莺儿·离思》我们今日读来也仍会黯然神伤，了解有关历史与类似世事的读者，也许还会洒一掬同情之泪："积雨酿轻寒，看繁花树树残。泥途满眼登临倦。云山几盘，江流几湾，天涯极目空肠断。寄书难，无情征雁，飞不到滇南！"

广州竹枝曲

◎〔清〕彭孙遹

木棉花上鹧鸪①啼，木棉花下牵郎衣。

欲行未行不忍别，落红②没尽郎马蹄。

彭孙遹（yù）（1631—1700），字骏孙，号羡门，海盐（今浙江海宁市）人。工诗，擅词，与王士禛齐名，时称"彭王"。

①木棉：又称"攀枝花""英雄树"，木棉科，落叶大乔木，花色红艳，生长于我国南方。鹧鸪（zhè gū）：生于我国南部的一种鸟，鸣时常立于山巅、树上，鸣声犹如"行不得也哥哥"。

②落红：落花。

红花烧眼木棉树上鹧鸪不住地鸣啼，木棉花下依依不舍地牵着郎君的衣。要走但迟迟未走是因为不忍心分别，依恋落红成阵遮盖了郎君的马蹄。

首句描绘富于象征意义的景色，"鹧鸪啼"是所谓"原型意象"，前人运用已多，但与"木棉花"组合在一起，便生新意。次句写送别的女主人公的典型动作，情态如见。第三句直陈其意并作转折，句式从李白"金陵子弟来相送，欲行不

行各尽觞"（《金陵酒肆留别》）化出，结句意象
鲜明而意在象外，含蓄不尽而颇为新创，耸动读
者的耳目，如音乐中的重锤，如绘画中的异彩。
当代的有情人多有"欲行未行不忍别"的经历与
体验，读此诗的结句当别有会心。

　　南方多木棉树，因其花红艳如火，故又别名
"英雄树"。此词写的不是叱咤风云的英雄，而
是柔情蜜意的儿女。全诗以木棉花为背景，以热
烈的景色反衬凄婉的哀情，也就是清人王夫之在
《姜斋诗话》中所说的"以乐景写哀，以哀景写
乐，一倍增其哀乐"。因为相反而相成，可以加
强作品的艺术感染力。如果一味单调地咸上加咸，
辣上加辣，效果则适得其反。

浣溪沙

◎〔清〕纳兰性德

谁道①飘零不可怜，旧游时节好花天。断肠人去自今年。

一片晕红②才著雨，几丝柔绿乍和烟。倩魂③销尽夕阳前。

纳兰性德（1655—1685），字容若，号楞伽山人，满洲正黄旗人。工诗词，词风近似李煜，小令为有清一代冠冕，为清代极负盛名的大词人。

① 谁道：谁说，哪个说。

② 晕红：本指妇女以胭脂妆面，浓者为酒晕妆，浅者为桃花妆。此处指雨中之红花。

③ 倩魂：典出唐人传奇《离魂记》，写张倩娘因思念王宙而魂魄离身。

有谁能说人与花的飘零不可怜？过去携手同游正是开花的好春天，令人肠断伊人一去啊正是今年。眼前又见雨中的春花分外红艳，丝丝绿柳在风中摇曳如雾如烟。有情人魂销梦断啊在夕阳之前。

康熙十三年（1674）是纳兰性德的弱冠之年，他应父母之命与出身大族高门、书香门第的卢氏成婚，仿佛是别人代买彩票而中了价值连城的头彩，包办婚姻竟然成了神仙眷侣。卢氏除了有很高的颜值和温存的性格，而且娴习诗书，能够欣赏和珍重丈夫的才情，所以纳兰性德以她为生活上的也是精神上的红颜知己。卢氏生时，纳兰性德对她写过许多怜香惜玉、温柔旖旎的爱情诗，这些诗今日还不大为人知晓（见拙著《清诗之旅——世家原自重文章》一文）。卢氏二十一岁因难产而母子双亡之后，长她两岁的纳兰性德追思成疾，在三十一岁去世前的八年中，写了五十多首悼亡词，占现存作品的六分之一。这首"谁道飘零不可怜"的《浣溪沙》，便是其中之一。

纳兰性德是婉约派的殿后名家，清代词坛的绝顶高手，清新婉丽之中有浓重的感伤情调，擅长白描手法，语言纯美自然如白莲花，香远益清的清香挹之不尽，此词正是如此。可惜才人命薄，如李商隐所说的"古来才命两相妨"（《有感》），他年方而立即英年早逝，如同王勃、李贺，设若天假以年，谁知道他还会为我们留下多少诗的久远的馨香？

此词在艺术上还有一点应该特为拈出，即艺术表现上的以反写正，也就是以美景写悲情，以丽语写愁绪，相反而更相成。希腊哲人赫拉克利特也早就说过："互相排斥的东西结合在一起，不同的音调造成最美的和谐。"此词正是写美景良辰，伊人已去，如此才使抒情主人公也使读者倍感黯然神伤。

感旧四首
（之二）

唤起窗前尚宿醒①，啼鹃催去又声声。

丹青旧誓相如札②，禅榻经时杜牧情③。

别后相思空一水，重来回首已三生④。

云阶月地依然在，细逐空香百遍行。

黄景仁（1749—1783），字汉镛，一字仲则，武进（今江苏常州）人。工诗词，善书画，多抒发怀才不遇之情，亦不乏愤世嫉俗之作。于清代文坛极负盛名。

①宿醒：醉酒而过夜后仍神志不清之貌。

②丹青：即丹砂和青䐛（huò），两种不易褪色可制颜料的矿物，故常以之喻坚贞的爱情。相如札：汉代司马相如的书信与诗作。

③禅榻：僧人坐禅的床。杜牧情：杜牧《题禅院》："今日鬓丝禅榻畔，茶烟轻飏落花风。"谓情爱已矣，心事成空。

④三生：佛家语，指前生、今生、来生，即"三世"。

窗前唤醒还带着昨夜的酒意神思朦胧，杜鹃鸟那"不如归去"的啼啭一声又一声。丹青写下的坚贞不渝的誓言宛然犹在，但经时历日人已参悟禅机心事已成空。别离后两地相思空然如同不绝的流水，重游旧地前尘如梦似已过了漫漫三生。从前晴云丽月照临的幽会之地仍如故，我寻觅她的余香一遍一遍地徘徊独行。

【心赏】

在中国诗史上，黄景仁是继李商隐之后最优秀的抒写爱情的诗人，虽然劫后余灰，他的爱情诗只剩下《秋夕》《感旧四首》《绮怀十六首》等不多的篇章，却为中国古典爱情诗增添了新的光谱与光彩：感情深沉高洁而多东方式的悲剧情调，用典恰到好处而语言不失洗练清华，对难以为继的律诗艺术作了新的创造。读此诗如品佳茗，如饮醇醪，令人余味绵长、余香满口而醺然欲醉。

黄景仁的挚友、诗人洪亮吉曾经记述说，黄景仁"美风仪，立俦人中，望之若鹤。慕与君交者争趋就君，君或上视不顾"。用今天的语言，他的相貌和风度都很"酷"，是一位清俊潇洒颜值很高的"帅哥"，且富于诗才，咳珠唾玉，同性者都想和他结交，何况蕙质兰心的异性？黄景仁年轻时遭遇过两次爱情，但有情人都未能终成眷属。《感旧四首》就是追忆抒写其中的一次，诗的故事发生于乾隆三十年（1765），诗人年方弱冠，因补博士弟子员，就读于宜兴氿（jiǔ）里，有情窦初开的少女向他投以青眼，抛以秋波。诗歌创作深受黄景仁影响的名作家郁达夫，二十世纪三十年代写的小说《采石矶》，写的就是黄景仁的这一爱情故事。另一次则是乾隆四十年（1775）客居寿州教书时，他与一位表妹的未成眷属之恋，他为此写有组诗《绮怀十六首》。总之，人生最难忘怀的是初恋，如同少年时品饮第一杯美酒，香远益清，味久益醇，不论后事如何，总能引起当事人温馨而不免惆怅的久远怀想。

·怨情篇·

无情不似多情苦

白头吟

〔汉〕卓文君

皑如山上雪，皎若云间月。

闻君有两意，故来相决绝。

今日斗①酒会，明旦沟水头。

躞蹀御沟②上，沟水东西流。

凄凄复凄凄，嫁娶不须啼。

愿得一心人，白头不相离。

竹竿③何袅袅，鱼尾何簁簁④。

男儿重意气，何用钱刀⑤为？

卓文君（生卒年不详），西汉蜀郡临邛（今四川邛崃）人，貌美，喜音乐，十七而寡。寡居时听司马相如弹《琴歌》以挑，与之私奔。晋葛洪《西京杂记》卷三说："司马相如将聘茂陵人女为妾，文君作《白头吟》以自绝，相如乃止。"

① 斗：盛酒的器皿。

② 躞蹀（xiè dié）：徘徊。御沟：流经御苑或环流宫墙的水沟。

③ 竹竿：此处指鱼竿。古典诗词中常以竹竿钓鱼隐喻男女爱情。

④ 簁簁（shāi）：鱼尾很长之貌。

⑤ 钱刀：即刀钱，汉代的一种货币。

我的心地晶莹像山上的雪，也光明得像云间皎洁的月。听说你已经有了三心二意，所以我断然前来和你决绝。今天还算是和你杯酒相聚，明天你我分手就各自东西。女儿出嫁离家伤心又伤心，但女大当婚也不必要哭啼。只望得到忠诚不贰的夫君，俩人白头到老啊也不分离。细细的钓鱼竿在水上摇曳，那长长的鱼尾巴摆动不息。讲

财论富者那算得了什么？男儿看重至死不渝的
情义。

　　根据《史记·司马相如列传》记载，司马相如是汉代大文学家，贫寒时以琴歌挑逗四川临邛富商卓王孙之寡女卓文君，富二代卓文君不嫌其贫，和他私奔到成都，后来复开一小酒店为生，留下了"文君夜奔""当垆卖酒"两个典故。后来司马相如一朝飞升，武帝召其为郎，转迁孝文园令，既贵且富，所谓男人有权就变坏，有钱也变坏，司马相如准备纳妾，卓文君遂作此诗。

　　作者并非"怨而不伤，哀而不怒"，而是表现了强烈的人性尊严和独立自主的意识，这在中国古代妇女中实属难能可贵。司马相如和卓文君本是"自由恋爱"，文君私奔也表现了惊世骇俗的追求自由的个性，她的这一作品颇为动人，有自白，有自誓，既多比喻，复有警句，清代大思想家王夫之在《古诗评选》中，称其"亦雅亦宕，乐府绝唱"。幸亏司马相如也还忆念旧情，才使悲剧最终以喜剧结束。如果卓文君生当今日，碰上的又是一阔脸就变的"白眼狼"，那就不知后事如何了。

四愁诗

（选二）

　　我所思兮在桂林①，欲往从之湘水深，侧身南望涕沾襟。美人赠我琴琅玕②，何以报之双玉盘。路远莫致倚惆怅，何为怀忧心烦伤？

　　我所思兮在雁门③，欲往从之雪雰雰④，侧身北望涕沾巾。美人赠我锦绣段，何以报之青玉案⑤。路远莫致倚增叹，何为怀忧心烦惋？

张衡（78—139），字平子，南阳西鄂（今河南南阳市）人。东汉杰出的科学家，著名的文学家。

① 桂林：桂林郡，今之广西境内。

② 琴琅玕（láng gān）：美玉镶制的琴。琅玕：美石。

③ 雁门：汉之北疆，今山西省北部之雁门关。

④ 雾雰（fēn）：形容雪飞漫天的样子。

⑤ 青玉案：古时贵重的食器。案：承杯箸之盘。

我所思念的美人啊远在桂林，想到那里去寻找她湘水深深，侧身遥望南方涕泪打湿衣襟。美人赠我美玉镶制的瑶琴，用什么报答只有一双白玉盘。路途遥远不能送达独自伤感，不要问我为何满怀愁思忧烦？

我所思念的美人啊远在雁门，想到那里去寻找她雨雪纷纷，侧身遥望北方涕泪打湿衣巾。美人赠我以精美华丽的锦缎，用什么报答只有青玉的餐盘。路途遥远不能送达独自长叹，不要问我为何满怀愁思闷烦？

　　东汉的张衡，是科学家兼文学家之全才，不仅擅于逻辑思维，而且长于形象思维，二者并行不悖，均大获成功。在科学领域，他曾发明了世界上最早的用水力推动的浑天仪和测定地震的候风地动仪；在文学的国土，他不仅写有大赋《二京赋》与小赋《归田赋》，对后世的抒情小赋影响深远，同时，他也有如《四愁诗》这样缠绵悱恻的华章，形式整齐，音调铿锵，反之复之，一唱三叹。这一组诗在政治上也许别有寄托，然而我们更可以视之为美妙的情诗。现代的恋人尤其是人分两地的恋人，在相互授受以表情意之时，何妨书写张衡的丽句佳辞一并赠送？

　　1924 年，鲁迅先生针对社会上流行的"阿呀阿唷，我要死了"之类的无聊的失恋诗，曾仿此而戏作《我的失恋——拟古的新打油诗》，全诗也是分为四节，第一节是："我的所爱在山腰，想去寻她山太高。低头无法泪沾袍。爱人赠我百蝶巾，回她什么：猫头鹰。从此翻脸不理我，不知何故兮使我心惊。"此诗后来被收入散文诗集《野草》之内，可见鲁迅对此诗也情有独钟，别有妙造。

上山采蘼芜①

◎〔汉〕古诗

上山采蘼芜，下山逢故夫。

长跪②问故夫："新人复何如？"

"新人虽言好，未若故人姝③。

颜色类相似，手爪④不相如。"

"新人从门入，故人从阁⑤去。"

"新人工织缣⑥，故人工织素⑦。

织缣日一匹⑧，织素五丈余。

将缣来比素，新人不如故。"

① 蘼（mí）芜：亦称江蓠，香草之一种，可作香料。古人相信它可使妇人得子。

② 长跪：古人席地而坐，两膝着地，臀部压于脚后跟。"长跪"即伸长腰身而跪。

③ 姝：好，美好，美丽。

④ 手爪：此处指剪裁、纺织等功夫。

⑤ 阁（gé）：旁门，小门。上句所说之"门"为正门。

⑥ 缣（jiān）：绢类，带黄色，价比素贱。

⑦ 素：绢类，色洁白，价比缣贵。

⑧ 一匹：长四丈。

上山采香草蘼芜，下山碰到原丈夫。伸直腰身跪着问："你的新人竟如何？""新人虽然说是好，仍然没有故人妙。你们容貌还相似，她的手工却不如。""新人大门迎进来，故人旁门送出去。""新人善于织黄绢，故人善于织白绸。一日织绢只四丈，织绸一天五丈余。织绢织绸两相比，新人不如你旧妇。"

这是一首别具一格的弃妇诗，最早见于南朝徐陵所编的《玉台新咏》。夫妻的离异有诸多原因，如男子的喜新厌旧，如双方的性格不投，如第三者的插足，等等。在古代，父母之命是造成婚姻悲剧的重要原因，陆游与唐琬的悲剧就是如此。此诗中的"弃妇"与"故夫"似乎双方仍旧难忘，而非恶语相向，女子虽有怨情，却温婉善良，其间种种，令人想象。

从内容而言这是一首弃妇诗，从体裁而论则是一首叙事诗。在中国古典诗歌史上，叙事诗不是很发达，而此诗则是中国古典叙事诗中的精品之一，在艺术裁剪上尤见功夫。作者未涉及弃妇被弃之前和被弃时的生活情景，对弃妇故夫相遇之后的情节也没有落笔，而是选取山下相遇的典型场景，通过人物对话，揭示人物的性格与命运，并刺激读者参与艺术的再创造。这种高明的艺术，对后代的叙事诗创作颇多启迪，你如去问写出"三吏三别"的杜甫，他当会欣然同意。犹记二十世纪五十年代后期我就读于北京师范大学中文系，在大三时撰《叙事诗的剪裁》一文投寄《诗刊》，其中也曾以此诗为证。该文刊于《诗刊》1959 年 11 月号，匆匆已近一甲子矣。逝水如斯夫，不舍昼夜！

青青河畔草

◎〔汉〕古诗

青青河畔草，郁郁园中柳。

盈盈楼上女，皎皎当窗牖①。

娥娥红粉妆，纤纤出素手。

昔为倡家女②，今为荡子③妇。

荡子行不归，空床难独守。

① 窗牖（yǒu）：窗户。牖：窗也。

② 倡家女：汉代倡家女是指以歌舞为职业的艺人，即歌伎，不同于后世的娼妓。

③ 荡子：游子，在外漫游浪迹的人，和后世的荡子含义不同。

　　青绿的是河边的春草密，茂盛的是园中的柳丝长。轻盈的是楼上的少妇，照眼的是当窗的面庞。倩丽的是浓艳的打扮，皎白的是玉手的修长。过去是能歌善舞的少女，今日为妇游子浪迹四方。浪迹四方的游子久不归，形单影只难以独守空房。

　　思妇怀人是《诗经》以来古典诗歌的传统题材，有关诗作多如繁华照眼，但以第三人称写的思妇诗，在《古诗十九首》中唯此一首。此诗在艺术上最大的特色，除了以春日的美景反衬思妇闺房独守的哀伤，表现的是相反相成的艺术辩证法。此外就是叠字的巧妙运用，前六句每句均用叠字，一句一转，既描摹出人物的绰约风姿，千姿百态，又平仄相间，大珠小珠落玉盘，加强了全诗珠走泉流的音乐美感。顾炎武在《日知录》中说"诗用叠字最难"，又称许《诗经·卫风·硕人》"河水洋洋，北流活活（guō）"等六句之连用六叠字，是"复而不厌，赜（zé）而不乱"，又赞美《古诗十九首》中的"青青河畔草，郁郁园中柳"等六句"连用六叠字，亦极自然，下此无人可继"。

顾炎武说"下此无人可继"，则未免有些绝对。此诗和《古诗十九首》中的《迢迢牵牛星》中的叠字运用相映生辉，也遥启了李清照《声声慢》连用十四个叠字"寻寻觅觅，冷冷清清，凄凄惨惨戚戚。乍暖还寒时候，最难将息"的先河。李清照就是最出色的既守成而又勇于创新的继承人。

江南曲

◎〔南朝 梁〕柳恽

汀洲采白蘋①，日暖江南春。

洞庭有归客，潇湘②逢故人③。

"故人何不返？春花复应晚。"

"不道新知乐，只言行路远。"

【作者简介】 柳恽（yùn）（465—517），字文畅，河东解（今山西临猗西南）人。在齐官相国右司马；入梁，官秘书监、吴兴太守。以诗名，与沈约共同探讨规定诗歌作品之声律，存诗二十余首。

【注释】
① 汀洲：水中或水边平地。蘋（pín）：一种浅水草，又称"四叶菜"，多见于南方的沟渠与池塘。
② 潇湘：潇水与湘水的合称，在湖南永州市零陵区境内二水合流。
③ 故人：旧友，原来的情人。

【诵译】

在水边的沙渚中采捞白蘋，风和日暖正是江南的初春。有远从洞庭湖归来的游客，说曾在湖南遇见我的情人。

"远行的故人为何还不回来？春花易谢流逝的春光易晚。""他没有说和新相好的欢乐，只是讲回来的路途太遥远。"

清人王夫之评《江南曲》说："含吐曲直，流连辉映，足为千古风流之祖。"（《古诗评选》）此诗为对话体，有人物，有对白，有单纯的情节，在体式上开后来无数法门。唐代崔颢的名作《长干曲四首》其一说"君家住何处？妾住在横塘。停船暂借问，或恐是同乡"，其二云"家临九江水，来去九江侧。同是长干人，生小不相识"，正是远承了柳恽的一脉心香。此诗的对话含蓄不尽，留有余地，如戏剧中的"潜台词"，如绘画中的"留白"，意在言外，刺激读者的想象，激发读者去参与作品的再创造，崔颢之作亦是如此。

这是一首传统的闺怨诗，借乐府古题《江南曲》抒写江南思妇怀念远方游子的惆怅伤感之情。悲莫悲兮生别离，乐莫乐兮新相知。古今许多男人，都有见异思迁移情别恋的不良记录或不治之症，从这位古代女子的自怨自艾（yì）中即已见端倪。不过，这位弱女子处于弱势地位，加之性格温婉，非河东狮吼之女强人一类，故她只是薄怨轻愁，款款道来，反而使读者格外同情怜惜，全诗也具有更广阔的想象的天地。

谢赐珍珠①

◎〔唐〕江采蘋

桂叶双眉②久不描，残妆和泪污红绡。

长门③尽日无梳洗，何必珍珠慰寂寥④！

江采蘋（生卒年不详），莆田（今福建莆田市）人。善诗文，自比东晋时的才女谢道韫。开元元年初入官，为玄宗宠幸，称江妃。杨贵妃得宠后，贬居上阳宫。

①谢赐珍珠：唐玄宗在花萼楼封一斛（十斗）珍珠密赐江妃，江不受而作此诗。

②桂叶双眉：眉毛细长如桂叶。

③长门：长门宫。汉武帝陈皇后失宠后贬居于此，江妃借以自况。

④寂寥：寂寞，冷清。

如桂叶般细长的双眉长久不画描，眼泪和着残留的脂粉污染红色绸衣。在清冷的长门宫一天到晚无心梳洗，何必用珍珠来安慰我的落寞孤寂！

江妃曾受宠于唐玄宗李隆基，因江妃喜好梅花的雅洁，所住的院子里全都种上了梅花，故玄宗戏称之为"梅妃"，后来又在《题梅妃画真》一诗中称"江妃"为"娇妃"。梅妃留存至今的仅此一诗,从此诗可见帝王之用情难专,也可见被损害的弱女子的痛苦和怨恨。令人深为同情与凛然起敬的是,她竟然敢于拒绝,敢于无视无上的皇权而维护自己的人格尊严,可谓冒天下之大不韪。弱女子,也做了一回拒绝帝王之赐并抒写幽怨之诗的"女强人"。

玄宗读此诗后怅然不乐,命乐府将诗谱曲,名《一斛珠》。《一斛珠》词牌名即起于此。安史之乱中,唐玄宗仓皇奔蜀,梅妃据云为叛军所杀,下落不明。玄宗自四川返回长安后,已进入往事只堪哀的老境,也许是良心发现吧,他作有一首《题梅妃画真》:"忆昔娇妃在紫宸,铅华不御得天真。霜绡虽似当时态,争奈娇波不顾人。"抚今而忆旧,对像而怀人,但一切都成为过去式而为时已晚矣!

相思怨

〔唐〕李冶

人道海水深，不抵①相思半。

海水尚有涯②，相思渺无畔③。

携琴上高楼，楼虚月华满。

弹着相思曲，弦肠一时断④。

【作者简介】

　　李冶（？—784），字季兰，乌程（今浙江湖州）人。善琴书，年六岁能诗，后为女道士，时人对之有"女中诗豪"之称。

【注释】

① 抵：抵得，相当。

② 涯：水边，边际。

③ 畔：田界，边侧。

④ "弦肠"句：用六朝北周庾信《怨歌行》"为君能歌此曲，不觉心随弦断"诗意。

【诵译】

　　人家都说海水无比渊深，我说它抵不上相思一半。那海水尚且有际复有边，相思之情邈远而无涯岸。手持瑶琴登上高楼望远，高楼空寂只有月光盈满。我弹着那相思之曲啊，琴弦与柔肠同时崩断！

【心赏】

　　古人常以海水比况忧愁，颇多名句可摘，在李冶之前，李颀《杂诗》就有"请量东海水，看取浅深愁"之句，所以李冶以海水比相思，算不上独创或者说首创，但她仍有属于自己的发现，她不重复海水之深浅与愁情之深浅，而径直说深深的海水抵不上愁情的一半。后来的白居易有《浪淘沙》词："借问江潮与海水，何似君情与妾心？相恨不如潮有信，相思始觉海非深。"我总怀疑，白居易这位须眉曾效法李冶这位蛾眉。李冶之诗前四句海水与相思分写，唱叹有情，但更精彩的却是结句，相思使肠弦俱断，相思之深之苦，夫复何言？

李冶的感情生活似乎不太如意。另有诗为证，一是她的《明月夜留别》："离人无语月无声，明月有光人有情。别后相思人似月，云间水上到层城。"另一首则是奇特的《八至》："至近至远东西，至深至浅清溪。至高至明日月，至亲至疏夫妻。"尤其是后一首，十分奇特与独妙，是诗中的异品兼妙品。

长相思

◎〔唐〕白居易

汴水①流，泗水②流，流到瓜洲③古渡头。吴山④点点愁。

思悠悠，恨悠悠，恨到归时方始休。月明人倚楼。

① 汴水：发源于河南荥阳，至江苏徐州与泗水汇合后流入淮河。

② 泗水：发源于山东泗水县。

③ 瓜洲：长江北岸古渡口，今江苏扬州市邗（hán）江区，大运河流入长江处。本为江中沙碛，其形如瓜。

④ 吴山：长江下游南岸群山，古为吴国属地，故名。

汴水往东流，泗水往东流，流经千里流到那瓜洲古渡口，江南群山点点使人忧愁。思念也悠悠，怨恨也悠悠，恨到他回来之后恨才会止休，月夜伊人怀远久倚高楼。

这首词是写"闺怨"的名词。上片写景，也是写思妇追溯丈夫江上航程的意识流，景中有情；下片写情，也是写思妇月夜倚楼怀人的现实景象，情中有景。重字"流"与"恨"，叠词"点点"与"悠悠"，不仅突出了题旨，也使全词平添了一番"大珠小珠落玉盘"的音乐之美。上下片的结句前者拟人，后者点明长相思的主人公。前者写"吴山"，其实是写人物的千愁万恨，"吴山点点"，不过是"愁"的客观对应物而已；后者直接写人物，高楼长倚，真是"多少恨，昨夜月明中"了。全词如洞箫一曲，余音袅袅。

白居易另有一首《长相思》，也是写闺怨之作。主题相似，人物相似，但写法不同，有如阳光，在三棱镜下可以透出七彩，同是钻石，无妨面面生辉："深画眉，浅画眉。蝉鬓鬅鬙（péng sēng）云满衣，阳台行雨回。　巫山高，巫山低。暮雨潇潇郎不归，空房独守时。"

题玉泉溪

◎ 〔唐〕湘驿女子

红树醉秋色①，碧溪②弹夜弦。

佳期不可再③，风雨杳如年④。

① 醉秋色："使秋色醉"之意。"醉"在此处为使动用法。

② 碧溪：指玉泉溪，在湖北省当阳市西北。此处亦可泛指碧绿的溪水。

③ 再：又一次，两次或第二次。

④ 杳（yǎo）如年：指风雨如晦的长夜如年。杳：幽暗深远，指一去不回。

枫林的红叶醉了秋天，碧绿的溪水如奏夜弦。那欢会之期不可再得，风雨幽暗啊长夜如年。

楚地本来是幽奇惝恍的楚辞的故里，光怪陆离的神话传说的家乡。"湘驿女子"不知名姓，身世不传，这首诗的来历也就笼罩在一片恍兮惚兮的迷雾里。据元末明初陶宗仪《说郛》引《树萱录》之记载，说晚唐咸通年间，广东番禺人、岭南节度使郑愚曾游湘中，宿于驿楼，夜遇一女子诵此诗，顷刻之间即杳然不见。早在南宋时，胡仔的《苕（tiáo，又读sháo）溪渔隐丛话前集》和魏庆之的《诗人玉屑》，都转录了《树萱录》的记载，前者将此作列入"鬼诗"类，将后者则列入"灵异"类。后来此诗被收入《全唐诗》中，题其作者为"湘驿女子"。

秋天是怀人的季节，何况溪水如弦，如奏相思之曲？何况风雨如晦，再会杳然无期？此诗"红树""碧溪"的浓艳色彩，更反衬出抒情女主人公内心的落寞凄凉。俞陛云《诗境浅说续编》说："首二句词采清丽，音节入古。后二句言回首佳期，但觉沉沉风雨，绵渺如年。……如闻'阳阿''激楚'之洞箫也。"此诗神秘幽奇，如今，到哪里还能听到玉溪的泉声？到哪里还能见到湘驿女子倚楼的红袖？只是诗的悲剧内蕴若明若暗，若隐若现，多愁多感特别是有相同或相似经历的读者，读来当别有会心。

犹记多年前的早秋之夜，我和几位友人把酒夜话于词人蔡世平之"南园"，直至四周如墨而星光灿然的午夜过后，我即兴作《南园夜话》一绝："心花开更舌花开，夜话南园酒数回。恍若聊斋书里坐，只疑红袖叩门来！"事后蓦然回想，当时写此诗时，潜意识中恐怕有那位湘驿女子的身影吧。

君生我未生

◎〔唐〕无名氏

君①生我未生，我②生君已老。

君恨我生迟，我恨君生早！

① 君：对对方的尊称。如《孔雀东南飞》："十七为君妇。"

② 我：此诗作者的自称。

你生的时候我还未出生，待到我出生时你年已老。君怅恨我出生时间太迟，我也怨恨你啊生时太早！

长沙市之北六十里濒临湘江的望城区铜官镇，中晚唐时期乃陶瓷生产的重镇。二十世纪七八十年代之交，考古学家于此发掘出许多或破损或完整的瓷器，其上书写的是唐人诗句，除了名人之作，大部分是民歌，计有百余首（句）之多。《君生我未生》，即其中的今称"长沙窑"的民歌，也即无名氏之作。

早在二十世纪之末，我就曾实地踏访长沙窑之故地，撰有诗文化散文《出土的民歌》。千年之后，这些民歌并未和时间一起老去，而是像千年前一样年轻而新鲜，如同刚从树枝上摘下来的果实，好像春日里从天边刚初升的早霞。

这是一首颇为新潮的古老民歌，颇为另类的唐代好诗。"君"与"我"，"生"与"老"，"迟"与"早"两两对举，是现代诗法中所谓的"矛盾修辞"，又称"抵触法"或"矛盾语"，而在寥寥二十字之中，只有五个字未重复，"君"与"我"二字各重复四次，"生"字重复五次，"恨"字重复两次，这是民歌中习见的重言复唱，极具音乐之美和传统民谣的韵味风神。

《君生我未生》又是一首情味特殊的民歌。它产自商业与城镇的土壤，表现的似乎不是寻常百姓家的爱情或恋情，而隐隐约约有茶舍酒家或秦楼楚馆的印记。有人以为这是写商人外遇的诗，如同现在不少的工头、老板、总经理、董事长，而我则宁愿相信它是一首上品的情诗，或者说情诗中的一匹"黑马"。生活中有所谓"忘年之交"，那大多指同性，而异性之间则称"忘年之恋"，唐诗人张籍有"还君明珠双泪垂，恨不相逢未嫁时"（《节妇吟》）之辞，民初诗人苏曼殊出家后也有"还卿一钵无情泪，恨不相逢未剃时"（《本事诗》）之语，而长沙窑这首民歌写的是时空错舛的另一种爱情，其感情真挚强烈，艺术表现新颖警觉，难怪中央电视台播出《经典咏流传》的专题古典诗词节目，这首诗也得以播唱，让它飞进了万千读者的心房。

除了《出土的民歌》，我还曾作《长沙铜官窑诗草》三章，其一："烧乱红星舞紫烟，铜官窑火大江边。悠悠千载诗瓷事，犹听涛声说昔年。"湘江的涛声所说的，是时已千载的诗瓷和诗事，其中也包括这一首活色生香的绝妙好辞，读来真是令现代的今人悠然神往。

偶题

◎〔唐〕罗隐

钟陵①醉别十余春，重见云英②掌上身③。

我未成名君未嫁，可能④俱是不如人？

【作者简介】

罗隐（833—910），本名横，字昭谏，号江东生。杭州新城（今浙江富阳西南）人。二十岁起考进士十次不第，遂改名隐。他是晚唐重要诗人，亦为晚唐小品文之代表人物，现存诗近五百首。

【注释】

① 钟陵：一指南京钟山，一指钟陵县，故城在今江西南昌进贤县西北。

② 云英：一位歌伎之名。

③ 掌上身：汉代伶玄《飞燕外传》："赵飞燕体轻，能为掌上舞。"

④ 可能：难道，何至于。

【诵译】

钟陵酒醉分别后匆匆十年有余，今日重逢见到你仍然舞姿轻盈。我江湖落魄云英你也没有出嫁，难道说我们两个都是不如他人？

【心赏】

提到罗隐，读者最熟悉的是他那些名章警句，如"今朝有酒今朝醉，明日愁来明日愁"（《自遣》），如"采得百花成蜜后，为谁辛苦为谁甜"

（《蜂》），如"家国兴亡自有时，吴人何苦怨西施"（《西施》），如"若教此物堪收贮，应被豪门尽剧（zhǔ）将"（《金钱花》），如"时来天地皆同力，运去英雄不自由"（《筹笔驿》）等。人皆知毛泽东喜读唐诗，尤其是"三李"（李白、李贺与李商隐），却少知他圈画、批注的却是罗隐之诗，高达九十一首。

《偶题》是罗隐诗中的一首另类之作，写的是他这位落魄诗人与漂泊歌女的悲欢离合。初见时两人都很年轻，一方是赴考的青年俊彦，一方是能歌善舞的妙龄佳人。重逢后却已过去了十多年的漫长岁月，双方都已人到中年，诗人十试未中功名未成，佳人也命运多舛至今未嫁。全诗首句是对甜蜜的悠悠往事的蓦然回首，次句是对眼前依然亭亭的故人的倾心赞美，"重见"照应"醉别"，久别重逢的喜悦尽在不言中。最感人的是诗人不计身份与地位，将"我"与"君"相提并论，最沉痛的是读书人"未成名"而风尘女子仍然"未嫁"，彼此都旧情难忘且时运不济而同病相怜。结句出之以"可能俱是不如人"愤懑，其中当然也有对飘零歌女的同情与怜惜。

五代何光远《鉴诫录》记载说，罗隐"初赴举之日，于钟陵筵上与歌伎云英同席。一纪后，下第又经钟陵，复与云英相见。云英拊掌曰：'罗秀才犹未脱白矣！'隐虽内耻，寻亦嘲之云云。"这位道学先生以己之心度他人之腹，以为罗隐此诗是反唇相讥之作，实在大煞风景和惺惺相惜之诗意，令人实在只能投他的反对票。

菩萨蛮

回文，夏闺怨

◎〔宋〕苏轼

柳庭风静人眠昼，昼眠人静风庭柳。

香汗薄衫凉，凉衫薄汗香。

手红冰①碗藕，藕碗冰②红手。郎笑藕丝长③，长丝藕笑郎。

苏轼（1037—1101），字子瞻，号东坡居士，眉州眉山（今四川眉山市）人。散文为"唐宋八大家"之一，与欧阳修并称"欧苏"；诗独树一帜，词开创了"豪放词派"，与辛弃疾并称"苏辛"。书法与绘画自成一家，书法与黄庭坚并称"苏黄"。

①冰：此处为名词，即冰块。

②冰：此处为动词，即"冰了、寒了"之意。

③藕丝长："藕"与"偶"谐音，"丝"与"思"谐音，此语象征情意绵长。

微风不起庭柳低垂人眠在午昼，昼眠时人声已静清风吹动庭柳。风吹香汗薄薄的罗衫生凉，凉凉的罗衫透出稀微的汗香。红润的手拿碗装有冰和藕，藕和冰的碗冰凉了红润的手。郎君莫讥笑藕丝象征情意绵长，情意绵长的藕丝也嘲笑薄情郎。

苏轼一生有三段爱情。他十九岁时娶他父亲好友王方之女王弗，王弗知诗通文，是他的红颜知己，两人琴瑟和鸣十一年，王弗二十七岁早逝，十年后苏轼作有肝肠寸断的《江城子·记梦》。苏轼遵从王弗的遗愿，三十三岁时续弦王弗的堂妹，两人相濡以沫二十五年。苏轼另有一位爱妾朝云，与苏轼患难与共，随从流放的夫君至广东惠州，三十四岁染南方之瘟疫而去世，葬于惠州西湖之侧，苏轼为她写有多首诗词（我曾去惠州西湖凭吊，作《生死两西湖》一文）。他写的《四时闺怨》的回文词，其中隐约也有她们的身影吧？

在中国古代文坛，苏东坡是才华横溢的多面手。这位四川眉山才子性情豪放豁达，在流放黄州时创作了多首回文词与集句词，以逸致闲情笑傲苦难岁月。即是如回文词，他以《菩萨蛮》词牌所作的也有七首之多，上面所引的这一首，就是他所写的《四时闺怨》四首之一。

回文诗是中国诗歌特有的一体，或称"另类"。最早可追溯到秦时女诗人苏蕙的织锦回文《璇玑图》，其词句回旋往返均可成文，或可倒读成文。回文虽近于文字游戏，但不妨聊备一格，何况也还有可诵之篇，如苏轼此词，即堪称妙构。他还写过《记梦回文》二首，《次韵回文》三首。例如他的《题金山寺》虽与爱情无关，也不妨备记于此，以飨读者："潮随暗浪雪山倾，远浦渔舟钓月明。桥对寺门松径小，槛当泉眼石波清。迢迢绿树江天晓，霭霭红霞晓日晴。遥望四边云接水，碧峰千点数鸥轻。"顺读倒读，均斐然成章，真是运用之妙，在乎一心，从中可见文字的魔方，汉语的魅力，作者的慧心。

钗头凤

◎〔宋〕陆游

红酥手，黄滕酒①。满城春色宫墙柳。

东风恶②，欢情薄③。一怀愁绪，几年离索④。

错！错！错！

春如旧，人空瘦。泪痕红浥鲛绡⑤透。

桃花落，闲池阁。山盟虽在，锦书难托。

莫⑥！莫！莫！

陆游（1125—1210），字务观，号放翁，越州山阴（今浙江绍兴）人。他是南宋杰出的爱国诗人，影响深远。在南宋"中兴四大家"中，较之杨万里、范成大与尤袤，他的成就最高，词也自成一家。

① 黄縢（téng）酒：即黄封酒，"縢"为缠束、封缄之意。其时官酿之酒以黄罗绢封缠瓶口。

② 东风：象征破坏了作者美满婚姻的人。恶（è）：不好，凶恶，相当于表示程度的"太""甚""很""极"。周邦彦《瑞鹤仙》："叹西园已是花深无地，东风何事又恶？"

③ 薄：少，不厚。

④ 离索：《礼记·檀弓》中"吾离群而索居"的省语，指离散而独居。

⑤ 浥（yì）：湿润，沾湿。鲛绡：神话中的人鱼（鲛人）所织的纱绢，见梁代任昉《述异记》。此处指手帕。

⑥ 莫：不、无之意。联系上阕句尾之"错"，亦可理解为"错莫"这一叠韵联绵词之分拆使用，表无可奈何之悲叹。

她红润而白嫩的纤手，捧着黄绢封口的美酒。满城春光宫墙边袅动青青的杨柳。恼人的无情东风劲吹，相聚的欢爱时光太少。只剩下满怀的愁思怨绪啊，和分别好几年的独居索寞。错！错！错！过去的春光依然如旧，只是人徒然憔悴消瘦。胭脂染红潜潜的泪水将手绢湿透。风中的桃花纷纷凋零，旧日的园林处处冷落。那如山的盟誓啊虽然还在，传情的书信啊却难以付托。莫！莫！莫！

据南宋周密《齐东野语》记载，诗的本事是：十九岁的陆游初娶表妹唐琬，伉俪情深，陆母不满唐琬，三年后逼之离婚，陆游只好在外安排宅院，但竟然为陆母所侦知，小夫妻只好成生死别。唐琬被迫改嫁同邑赵士程，陆游亦被迫奉母命与一王姓女子结婚。十年后二人春游时偶遇于绍兴禹迹寺南之沈园，陆游时年三十岁。与唐琬一起同游的赵士程遣人送酒肴致意，陆游不胜伤感，题此词于园壁。《齐东野语》的记载："唐以语赵，遣致酒肴。翁怅然久之，为赋《钗头凤》一词，题园壁间。"但南宋词人刘克庄早生于周密四十余年。陆游去世时他已二十三岁，他在《后村先生

- 324 -

全集》中记述说，陆游的老师曾几之孙曾温伯告诉他，陆游与唐琬相遇于沈园时，迫于礼教只能装作不识互相对望，不便也不能交谈，更无赵士程送酒菜之事。悲剧原本动人情肠，《钗头凤》此词又为双调，上下两阕皆为七仄韵，三叠字，繁音促节，声义相谐，感情真挚深沉，情景水乳交融，语言句短字急而内涵深厚（三"错"三"莫"既是同字重复，内蕴又各有不同），故而千百年来，传诵在众生的嘴唇，铭刻于读者的记忆。

　　沈园原为沈姓者私园，陆游生时即已三度易主，园在今绍兴市东南角之洋河弄口，已成游览胜地。园内孤鹤轩前一堵粉墙上，镌刻陆游此词与唐琬的和作。我曾两度远道往游，每游均有"诗文化散文"为记，分别为《钗头凤》与《沈园悲歌》，权当我时隔千年燃点的两炷清香啊心香！

钗头凤

◎〔宋〕唐琬

世情薄①，人情恶②，雨送黄昏花易落。晓风干，泪痕残。欲笺心事，独语斜阑。难！难！难！

人成各，今非昨，病魂常似秋千索③。角声寒，夜阑珊④。怕人寻问，咽泪装欢。瞒！瞒！瞒！

【作者简介】

唐琬（生卒年不详），字蕙仙，越州山阴（今浙江绍兴）人。据宋代周密的《癸辛杂识》，唐本陆游舅父唐闳之女，陆游之前妻，被迫离散改嫁，抑郁而终。

【注释】

① 薄：凉薄，浇薄。

② 恶：冷酷。

③ "病魂"句："病魂"指痛苦的心灵，受重创的精神。"秋千索"为荡秋千的绳索，比喻心神恍惚难安。

④ 阑珊：衰残，将尽。

【诵译】

世情啊是多么凉薄，人情啊是多么险恶。风雨送走黄昏啊花朵也容易摧落。晨风虽吹干了眼泪，脸上仍有痕迹残留。想以书信表白自己的心事，却只能自言自语独倚栏杆。难！难！难！离异以后人成单个，今天已非恩爱如昨，痛苦的心啊如飘曳动荡的秋千索。报时号角声音凄寒，长夜难眠夜色阑珊。怕人怀疑我的心事而追问，只得暗吞眼泪而强颜为欢。瞒！瞒！瞒！

宋高宗绍兴十四年（1144），陆游与才貌双全的表妹唐琬成婚，乃情投意合之姑表舅亲，不久却因母亲的反对而离异。绍兴二十五年（1155），他们相遇于沈园。相传此词是为唐琬和陆游的《钗头凤》而作，不久后唐琬即郁郁而逝。唐作与陆作，彼此呼应，心心相印，各从不同的一方来写属于自己的同一个爱情悲剧，他们虽然为诗国留下了不可多得的艺术双璧，照亮了无数双珍惜宝璧之光的眼睛，也让国人更加懂得并尊重与珍惜海枯石烂的爱情，那种高贵的人性与人情之美，但有情人毕竟未能终成眷属，却也使人世间异代不同时的读者扼腕而长叹息！

陆游终其一生，对唐琬旧情难忘，此情不渝。除了人们所熟知的写于七十五岁时的《沈园二首》和逝世之前两年（1208）他八十四岁时所写的《春游》之外，前后还写了许多追怀唐琬的作品，仅关于沈园之诗就多达十首，在拙文《沈园悲歌》中，我都曾一一钩沉以记。如同远居新疆的当代诗人星汉《沈园》一诗所咏叹的："燕语呢喃柳带长，沈园依旧满春光。游人慎唱《钗头凤》，莫使芳魂再断肠！"

鹧鸪天

元夕①有所梦

◎〔宋〕姜夔

肥水②东流无尽期，当初不合种相思③。

梦中未比丹青④见，暗里忽惊山鸟啼。

春未绿，鬓先丝，人间别久不成悲。

谁教岁岁红莲⑤夜，两处沉吟各自知。

【作者简介】

　　姜夔（kuí）（约1155—1209），字尧章，号白石道人，饶州鄱阳（今属江西）人。早岁孤贫，终生未仕。他精通音律，词作注重"神味"与"音韵"，风格以"清空"见长，在词史上和苏（轼）辛（弃疾）、柳（永）周（邦彦）两派鼎足而三。

【注释】

①元夕：指宋宁宗庆元三年（1197）元宵节。

②肥水：一支东流经合肥入巢湖，一支西北流至寿州入淮河。

③不合：不该。种相思：相思又名红豆，古人以之象征爱情，此处指萌发恋情。

④丹青：指绘画，此处指恋人的画像。

⑤红莲：指元夕张灯。欧阳修《蓦山溪·元夕》："蓦红莲满城开遍。"

【诵译】

　　肥水滔滔东流没有穷尽之期，当初不该一见钟情两情依依。梦中见到她还不如画像真切，惊破好梦的是窗外山鸟鸣啼。春草春树还没有绽绿，白发就早已爬上鬓边，人间离别日久不会感到悲凄。是谁使得年年元宵灯节之夜，我和她两地相思啊心有灵犀。

作者年轻时浪迹于江淮之间，流寓合肥，他本人精通音乐，和一对善弹琵琶的姊妹更是十分相得，所谓"为大乔能拨春风，小乔妙移筝"（《解连环》），但后来因种种原因还是分离。有情人不得成为眷属，情天恨海，他历久不忘，屡见于词，此词即其中之一。词作感情深挚，笔致清幽，转换巧妙。"黯然销魂者，惟别而已矣"，六朝的江淹在《别赋》中开篇就为此而悲吟，以后不知多少诗人抒写过别离的悲苦。但姜夔却反其道而行之，"人间别久不成悲"一语以反说正，貌似解脱，其实令人更觉悲情之刻骨铭心。而他的不为陈言的新颖表达，更使此语成了词中警句。

爱美之心，人皆有之，难得的是对美的怀恋的持久甚至永远。《鹧鸪天》是感梦而作，此时诗人已经四十多岁了，早在十年前的元旦，他就有一首"江上感梦而作"的《踏莎行》，开篇便提到昔日的恋人姐妹："燕燕轻盈，莺莺娇软"，而该词的结句"淮南皓月冷千山，冥冥归去无人管"，后来更是得到王国维的赞赏。十年后再作《鹧鸪天》，更证明姜夔是中心藏之、何日忘之！

琴河感旧①四首（之三）

◎〔清〕吴伟业

休将消息恨层城②，犹有罗敷③未嫁情。

车过卷帘④劳怅望，梦来携袖费逢迎。

青山⑤憔悴卿怜我，红粉飘零我忆卿。

记得横塘⑥秋夜好，玉钗恩重是前生。

【作者简介】

　　吴伟业（1609—1672），字骏公，号梅村、鹿樵生，太仓（今属江苏）人。其诗效法盛唐，尤擅七律与七言歌行体，为明末清初的重要诗人。写明末清初历史之《圆圆曲》是他的代表作。

【注释】

① 琴河感旧：琴河，即琴川，在今江苏省常熟市境。感旧：感怀过去的人事与时光。

② 层城：古代神话说昆仑山有层城九重，此处喻女方住处高远，无缘得见。

③ 罗敷：古乐府《陌上桑》中的美而贞的妇女形象。

④ 车过卷帘：唐诗人韩翃与柳氏相爱，柳被将军沙咤利所劫，后韩于城边邂逅柳氏，柳卷帘相约再见之期（见唐代孟棨《本事诗》）。

⑤ 青山：疑为"青衫"之误。唐制，文官八品、九品服以青，指官职卑微。

⑥ 横塘：一在南京秦淮河南岸，一在今江苏省苏州市吴中区西南。

不要怨恨伊人不见以至相聚无因，她还是怀有罗敷未嫁之眷眷之情。路上相逢卷起车帘有劳惆怅凝望，我梦中牵袖相随费心她情意殷勤。我如同青山般憔悴她十分怜惜我，我长久地怀念她是因为红粉飘零。还记得秦淮河边的秋夜多么美好，我们互赠信物恩情深重缘结前生！

晚明时代，南京的秦淮河畔有艳帜高张的"秦淮八艳"，她们都是色艺双全而不乏历史亮点的人物，其中四艳的罗曼史最为有名，这就是柳如是与钱谦益，李香君与侯方域，顾媚与龚鼎孳，卞玉京与吴梅村。"酒垆寻赛赛，花底出圆圆"，明末清初的这一俗谚口碑，"圆圆"即指芳名远播的陈圆圆，"赛赛"则是指别名赛或赛赛的卞玉京。吴梅村和卞玉京互相欣赏，他们不仅有故事而且也有事故，但吴梅村却囿（yòu）于地位和礼教，没有钱谦益的敢作敢为，故最终弃卞玉京而临歧分手。后吴游琴河，吴之长辈兼友人钱谦益闻卞亦来此，欲邀之会而卞至却不见，吴作组诗《琴河感旧四首》，以抒旧恨新愁，本诗是其中之三。

由于吴梅村的软弱与拘于礼教，不像钱谦益

娶柳如是、龚鼎孳娶顾媚那样勇敢，他与卞玉京最终无法成为眷属。但多情的才子吴梅村也始终念念未能忘情，后来出家并自称"玉京道人"的卞玉京死后，吴梅村虽已届暮年，还曾去墓地凭吊，作诗怀念。

在此诗中，诗人运用了许多典故，抒写了自己的恋情和悔恨，也表现了对女方深切的忆念，读这首诗，使人想起俄国大诗人普希金的名作《我曾经爱过你》。真正的至死不渝的爱情，并不一定要以占有对方或结婚作为标志。吴梅村晚年的《过锦树林玉京道人墓》开篇说："龙山山下茱萸节，泉响琤淙流不竭。但洗铅华不洗愁，形影空潭照离别。离别沉吟几回顾，游丝梦断花枝悟。翻笑行人怨落花，从前总被春风误。"巨痛沉哀，苍老的琴弦上流泻的是一阕令人低回的悲怆奏鸣曲。

马嵬①

◎〔清〕袁枚

莫唱当年长恨歌②,人间亦自有银河。

石壕村③里夫妻别,泪比长生殿④上多。

袁枚（1716—1798），字子才，号简斋、随园，又号小仓山居士，钱塘（今浙江杭州）人。论诗主"性灵说"，与赵翼、蒋士铨并称"乾隆三大家"，有《随园诗话》《小仓山房集》。

① 马嵬（wéi）：即马嵬坡，其地驿站名马嵬驿，地在今陕西省兴平市西。唐明皇于安史之乱中奔蜀，杨贵妃被贬死于此。

② 长恨歌：唐诗人白居易所作著名叙事诗《长恨歌》，写唐明皇与杨贵妃的故事。

③ 石壕村：杜甫名作《石壕吏》中所写的村庄，官府强征村民，百姓家破人亡。

④ 长生殿：唐代天宝元年（742）在华清宫所建宫殿，《长恨歌》云七夕时唐明皇与杨贵妃于此共誓生死，实际应为寝殿"飞霜殿"。

不要唱当年帝妃此恨绵绵无绝期的长恨歌，人世的平民夫妻间同样有迢迢难渡的银河。兵荒马乱中石壕村里夫妻之间的生离死别，那痛苦的泪水比长生殿上帝妃的泪珠还多。

【心赏】

历代诗人写安史之乱中马嵬兵变贵妃死难的诗不少，尤其自白居易的《长恨歌》以后。在咏马嵬的诗作中，不少人或美化李隆基与杨贵妃的爱情，或以传统的观念责备杨贵妃女色祸国，即使有所讽喻与批评，也不可能十分尖锐，如李商隐的名篇《马嵬》："海外徒闻更九州，他生未卜此生休。空闻虎旅鸣宵柝，无复鸡人报晓筹。此日六军同驻马，当时七夕笑牵牛。如何四纪为天子，不及卢家有莫愁？"总之，不论观点与写法如何，大都是直接咏叹李隆基与杨贵妃的爱情悲剧，如李商隐之作对当朝有所讽刺者，并不多见。

袁枚此诗另辟蹊径，可谓立意新奇高远：在强烈的对比中对草根百姓的悲剧深深同情。全诗未用比兴，以"赋"法结撰成章，议论与形象相结合，自有其动人之处，令人耳目一新。尤其是诗人所持的平民立场或云草根立场，所表现的民贵君轻的民主与民生意识，更是值得我们刮目相看，向他致以迟到的敬意。

但是，我必须指出的是，早于袁枚五六百年，金代的高有邻早就写有一首题为《马嵬》的诗："事去君王不奈何，荒坟三尺马嵬坡。归来枉为香囊泣，不道生灵泪更多！"世人只知有袁枚之作，多不知道有高有邻之诗，殊不知袁枚虽大名鼎鼎，此作则借鉴自其名不显之高有邻，想必袁才子对此也会含笑承认。

林黛玉题帕诗

◎〔清〕曹雪芹

一

眼空蓄泪泪空垂，暗洒闲抛更向谁？

尺幅鲛绡①劳惠赠，为君那得不伤悲！

二

抛珠滚玉只偷潸②，镇日③无心镇日闲。

枕上袖边难拂拭，任它点点与斑斑。

三

彩线难收面上珠，湘江旧迹④已模糊。

窗前亦有千竿竹，不识香痕渍⑤也无？

【作者简介】

曹雪芹（约1715—约1763），名霑，字梦阮，号芹圃、雪芹、芹溪。汉军正白旗人，祖父曹寅、父曹頫曾为江宁织造，后家道败落，著《红楼梦》，乃中国古典小说的顶峰。

【注释】

① 鲛绡：南朝梁任昉《述异记》说南海鲛人所织的极薄之冰绡。后泛指薄纱，此处指手帕。

② 潸（shān）：泪流不止之貌。

③ 镇日：整天，整日。

④ 湘江旧迹：指舜妃娥皇、女英泪竹成斑的传说，此处林黛玉援引以比喻自己为宝玉而哭。

⑤ 香痕：指泪水。渍（zì）：浸渍，浸染。

【诵译】

徒然热泪盈眶又白白地流垂，暗暗洒常常抛啊却是为了谁？小小的手帕谢谢你好意相赠，为了你怎么能够不伤感心悲？

偷偷地抛珠滚玉泪水啊潸潸，整天百无聊赖整天心绪黯然。枕头上袖口边泪痕难以擦拭，随它去偷弹暗滴点点复斑斑。

彩线也难以收拾脸上的泪珠，竹上娥皇女英的泪迹已模糊。我卧室的窗前也有千竿翠竹，不知道血泪浸染后迹痕有无？

【心赏】

这是林黛玉题写在贾宝玉所赠绢帕上的定情诗，见《红楼梦》第三十四回。封建家长兼卫道士贾政因故责打贾宝玉之后，对于宝玉，袭人是婉言规劝，薛宝钗是正言开导，只有林黛玉同情宝玉的为人行事，对其挨打痛彻心脾。在黛玉前来探望后，宝玉嘱其心腹晴雯为黛玉送去两方自己用过的手帕，黛玉心有灵犀激动不已，连夜在手帕上书写了这三首七言绝句。他们私相授受，互诉衷曲，是对封建礼教的抗议与叛逆，也是他们志同道合、心心相印的见证。这一组诗虽然不是《红楼梦》中最好的作品，但仍堪称诗中上选。在《红楼梦》此回之前，戚序本与蒙府本有"回前骈文"，开始即"两条素帕，一片真心。三首新诗，万行珠泪"，曹雪芹紧扣人物的性格与命运，将题帕诗写得如此晶光莹莹，血泪和流，确实也足以动人情肠了。

莎士比亚说过："眼泪是人类最宝贵的液体，不能轻易让它流出。"男儿有泪不轻弹，只因未到伤心处。女人呢？古往今来的女人呢？

本事诗①

◎〔清〕苏曼殊

乌舍凌波②肌似雪，亲持红叶索题诗③。

还卿一钵④无情泪，恨不相逢未剃⑤时。

【作者简介】

苏曼殊（1884—1918），初名戬，改名玄瑛，字子穀（gǔ），香山（今广东中山）人。母亲是日本人，他生于日本。二十岁时落发为僧，法号曼殊。工诗文，其诗秀丽清颖，善绘画，长于小说，有《断鸿零雁记》。精通汉、英、法、日、梵五种文字。

【注释】

① 本事诗："本事"指个人或时代的史实。唐人孟棨所编撰唐诗人故事之书，即名《本事诗》。作者在东京时，与艺伎百助眉史往来有情。《本事诗》十首即写这一段情缘。

② 乌舍：印度神话中侍宴诸神的神女。此处指百助眉史。凌波：步态轻盈之貌。曹植《洛神赋》："凌波微步，罗袜生尘。"

③ 红叶索题诗：唐僖宗时宫女韩采蘋因红叶之缘与书生顾况结为夫妇。此处指百助眉史以红叶之缘索诗表示爱情。

④ 钵：僧人用以化缘的器皿。

⑤ 剃：佛门戒律，出家前要剃除须发，披上袈裟，故称出家为"披剃"。

她步履如风行水上肌肤如同白雪,纤纤素手拿着一片红叶要我题诗。我只能回赠你一钵无情的眼泪啊,恨只恨相逢不在我没有剃度之时。

本诗是苏曼殊的组诗《本事诗》之六。他的这一组诗,是写给与他有情的日本色艺双胜的歌伎百助眉史的,时在1909年春天,地在日本东京。此时作者已经出家,他对"神光离合,不可逼视,璧月琼花,犹不足以方其明冶也"(作家周瘦鹃读百助眉史小影之语)的百助眉史也未免有情,但他又严守佛门的清规戒律,人神交战的结果,就诞生了九曲回肠的本事诗,表现了这一僧俗之分构成的爱情悲剧。后两句从唐诗人张籍《节妇吟》之名句"还君明珠双泪垂,恨不相逢未嫁时"化出,运用之妙在乎一心而自成痛语金句。说是"无情",其实是深情一往,如纳兰性德之言:"人到多情情转薄。"苏曼殊生当晚清,才冠一代,奈何情长命短,如划亮长天的一颗流星。

陈独秀是苏曼殊的好友,也颇富诗才,他曾和苏之《本事诗》十首,对此诗的和作:"目断积成一钵泪,魂销赢得十篇诗。相逢不及相思好,万境妍于未到时。"流光容易把人抛，时间已过去了多年，鱼龙早已巨变，观念早已更新，现代人如果有此艳遇，既写不出苏曼殊这样才情双胜的诗，大多也不会以苏曼殊作为坐怀不乱的榜样了。

名家美评

　　近几年来，我读到李元洛写的诗词评赏，一而再，再而三，引起我的注意，把作者的名字也记住了。心里揣想：作者是怎样的一个人？现在何处？一种强烈怜才而期望一面的念头，在心中油然而生。

　　李元洛的诗词评赏优胜之处有三：每篇重点谈一个艺术问题，不同于一般赏析；吸收古代诗论成果，又融合外国诗论，以中为主，中西合璧；谈论古典诗词，亦能着眼于新诗创作，颇见功力与苦心。

臧克家

摘自 1984 年李元洛著
《楚诗词艺术欣赏》序言

呵，李元洛，我原来以为你的胡子很长了，想不到你还这么年轻！我这是对你的表扬啊，你们湖南人会读书嘛！

————

艾青

1982 年北京北纬饭店
艾青和李元洛谈话

你在《解放军文艺》发表的评拙著《将军三部曲》的文章已经读到，有见地，有文采，十分感谢。明年我会去广州，希望中途能和你见面。有志者事竟成，望你努力！

————

郭小川

摘自 1962 年 12 月
郭小川致李元洛信

那儒雅的楚人笔矫蛟龙

而我下笔只能涂蚯蚓

我有诗千首，十九不能背

他随口记诵，吐金石之宏音

————

余光中

摘自 2005 年
《楚人赠砚记——寄长沙李元洛》

是嘘今夕之寒，问明日之暖

是一盘腊肉炒《诗美学》

是一碗鲫鱼烧《一朵午荷》

是你胸中的江涛

是我血中的海浪

是一句句比泪还成的楚人诗

————

洛夫

摘自 1987 年
《湖南大雪——赠长沙李元洛》

大著以今人眼光审视古人之诗并加以导读之，开路功莫大焉。先生重在研究，蹊径不同，诗学阐发远胜前人，为先生贺！

———

流沙河

摘自 2014 年
流沙河致李元洛信

李元洛和诗歌结缘数十年，缪斯不论古今，无分中外，一向是他的最爱。他赏析诗篇，构建诗学，在内地、香港、台湾，以至东南亚，其诗评诗论早已享誉甚隆。

先诗论，后散文，元洛兄近年又有新猷，那就是诗论与散文的结合。他以诗论家的学养和见识，加上散文家的神思之旅，开始了"诗文化散文"的创造。

———

黄维樑

摘自 1999 年李元洛著
《怅望千秋》序言